나는 세상을
구하기로 결심했다

나는 세상을 구하기로 결심했다

타냐 로이드 키 지음 | 김지연 옮김

꿈꾸다

차례

세상을 구하려면
핸드폰이 필요해

■

　나보다 네 살 어린 여동생 난다가 침대에 눕는 8시 30분에 나도 같이 자야 했다. 아직 어두워지지 않은 때라 난다가 침대 시트에 코딱지를 문지르는 모습을 분명히 볼 수 있었다. 엄마와 아빠는 내가 난다와 함께 자기 싫어하는 이유를 궁금해했다. 콧물과 코딱지가 범벅이 된 침대 시트에서 자고 싶지 않은 줄도 모르고!

　등교한 지 2주차였던 토요일 밤, 난다가 코딱지를 아주 오랫동안 만지작거리는 모습을 나는 지켜보고 있었다. 엄마는 외출 중이었고, 아빠는 워크숍에 갔다. 부모님이 없으니 내가 동생을 돌보는 건 당연했다. 아랫동네에 사는 조안나에게 잠시 우리를 맡아 달라고 하겠다는 엄마 아빠의 말에 나는 그러지 말라고 빌다시피 부탁했다. 열네 살하고도 3개월이나 된 내가, 십 대의 인생을 살고 있는 내가, 누군가에게 맡겨진다는 것은 정말이지 끔찍하게 부끄럽지 않은가! 나는 돌봄이 필요하지 않다! 어린애가 아니다!

　부모님이 나에게 동생 돌보기를 맡길 거라면 전적으로 찬

성한다. 여덟 살인 여동생을 돌보는 일은 결코 쉬운 일이 아니지만 기꺼이 하겠다. 나는 난다에게 텔레비전을 틀어 주고, 가장 친한 친구인 클레오를 불러서 축구 경기에서 진 드류가 점심시간에 화장실에서 울었던 사건에 대해 말해 주려고 했다. 하지만 드류가 유난히 예민한 성격인지(클레오의 생각) 아니면 축구 자체가 이상할 정도로 경쟁적인 나쁜 스포츠인지(내 생각)에 대해 이야기하기 시작하자마자, 내 눈에 좀비가 들어왔다. 난다가 살점이 붙어 있기는 하지만 분명히 죽은 것들이 돌아다니는 영화를 보고 있었기 때문이다. 텔레비전 속의 좀비들은 신나게 도시를 누볐다.

난다는 자주 수선스럽다. 내가 당장 텔레비전을 끄라고 말하고 잠옷을 입히려는데, 소리를 질러 댔다.

"언니, 정말이야. 창문 밖에 뭔가 있다고!"

창밖에는 당연히 아무것도 없었다. 나는 창문을 열고 허공을 향해 난다처럼 소리쳤다.

"이리 와서 잡아 보시지, 난다만 아는 세상에 사는 살을 뜯어 먹는 나쁜 괴물들아!"

별수 없이 난다가 몸을 웅크리고 코딱지를 파서 시트에 닦은 다음 잠들 때까지 함께 있어 줘야 했다. 아빠와의 약속을 지키기 위해 전등을 켜고 9시 30분까지 책을 읽기도 했다. 그러고 나서 내 침대에 가서 누웠다. 눈이 말똥말똥했다. 바깥의 소리가 유난히 크게 들렸다. 썩은 뼈들이 삐걱거리는 것 같은, 뭐라 표현하기 어려운 다양한 소리……. 몸을 일으켜 창문 밖을 내다보고서야 알았다. 스케이트보드를 타는 소리, 이웃집에서 주차하는 소리였다! 알 수 없는 소리가 또 들려왔다. 삐걱거리고 바스락거리는 이상한 소리……. 우리 집 지붕에서 턱턱 부딪히고 있는 것 같은데 도대체 정체를 알 수 없는 괴상한 소리……. 결국 나는 아래층으로 내려가서 주방 서랍에 있는 밀방망이를 가지고 올라와 침대 아래쪽에 넣어 두었다.

현관문 열리는 소리가 들렸다. 눈을 감고 자는 척하고 있는데 조심스럽게 계단을 올라오는 발소리가 났다. 물론 전혀 조용하지 않았다. 한 칸씩 계단을 오를 때마다 삐걱거렸다. 좀비가 아니라 아빠다. 아빠가 방문을 열었다. 나는 계속 자는 척했다. 왜냐하면 그래야 성숙하고 절제력 있으며 자연스러운 동생 돌보미의 모습이라고 생각했기 때문이다.

수신 : p.lwyn@hotmail.com
발신 : myamyapapaya1@gmail.com
제목 : 완벽한 아침 시간

엄마,

아빠가 워크숍에 간 동안 내가 난다를 돌보겠다고 했어요. 별문제 없었고, 아주 편안한 시간이었죠. 이제 나는 엄마가 전적으로 믿고, 의지할 수 있는 가장 안전한 베이비시터랍니다. 밤낮 할 것 없이 말이에요. 무임으로 첫 근무를 마친 딸에게 앞으로는 아주 적은 수고비로 시간당 5달러를 주는 게 어때요? 금액을 떠나 더할 나위 없이 완벽한 저 같은 동생 돌보미가 있을까요?

참, 슈트루델(층을 이룬 페이스트리 과자)을 굽는 기계를 왜 아직 사주지 않는 거예요? 지금껏 먹어 본 과자들 중에서 가장 맛있단 말이에요. 아빠는 엄마가 미얀마에서 돌아오기 전까지 매일 아침 슈트루델을 먹을 수도 있다고 했어요. 할머니가 좋아질 때까지 엄마가 거기에 있어야 한다는 건 잘 알지만, 얼마나요? 아빠가 슈트루델을 몇 박스 더 샀으면 좋겠는데…… 박스 뒤에 초콜릿 맛과 블루베리 맛 슈트루델도 있다고 써 있었어요. 뭐……, 그렇다고요.

할머니께 보고 싶고 사랑한다고 전해 주세요. 그리고 폐렴에 걸리셔서 정말 짜증 난다고요. (진짜 짜증 난다고 하면 안 되는 거 알죠? 할머니가 아프신 게 정말 싫다는 내 마음을 다른 단어로 표현해 주길요.) 할머니가 하루 빨리 회복해서 건강해지고, 엄마가 빨리 집으로 돌아왔으면 좋겠어요. 아, 그렇다고 지금 당장은 아니에요. 초콜릿 맛과 블루베리 맛을 먹어 봐야 하니까요.

정말 너무너무너무너무 보고 싶어요!

엄마를 사랑하는, 미아 올림

나는 나중에 유엔에서 훌륭한 일을 할 것이다. 그리고 전 세계를 다녀야지. 전쟁과 굶주림을 겪는 나라에 가서 아주 현명한 해결책을 찾을 것이다. 전 세계 지도자들이 나의 제안을 받아들이고 찬성하면 나는 유명해지겠지?

마르틴손 선생님의 영어 수업 시간에 나와 클레오는 창문 아래 가장 인기 있는 자리에 나란히 앉았다. 마르틴손 선생님의 수업 시간은 네 명이서 그룹을 이루어야 한다는 점만 빼면 정말 완벽했다. 우리 그룹의 다른 두 명은 드류와 드류의 가장 친한 친구인 이안. 열네 살답지 않게 드류와 이안은 팔꿈치 안쪽과 무릎으로 방귀 소리를 내며 낄낄거렸다.

월요일 수업 시간에 우리는 편지 쓰기 과제를 하고 있었다. 그때 이안이 클레오에게 쪽지를 주었다. 쪽지에는 '클레오는 드류랑 뽀뽀하고 싶어 한대요.'라고 써 있었다. 이안은 과장된 몸짓으로 낄낄댔다. 쪽지가 드류의 손에 전해졌다. 드류가 한 단어를 더 쓰자 클레오의 얼굴은 거의 보라색이 되었다. 드류는 '클레오는 드류의 엉덩이에 뽀뽀하고 싶어 한대요.'라고 썼다. 나는 쪽지를 빼앗으려고 손을 뻗었지만, 이안이 더 빨랐다. (이런 상황을 유엔의 협상가들은 매일 겪어야 한다.) 쪽지에는 글이 더 추가되었다. '클레오는 드류의 엉덩이에 뽀뽀하고 싶어 한대요, 나쁜!' 심지어 문법적으로 엉망인 문장이 되어 버렸다.

드류가 몇 글자를 더 쓰려고 한 순간, 클레오가 물병을 드류의 머리에 던졌다. 드류는 머리를 감싸며 울먹였다.

"내가 뭘 했다고? 아직 쓴 것도 없는데!"

나는 당연히 클레오의 편이다. 하지만 누가 철제 물병을 던졌지? 이제 클레오는 그 물병을 사용하지 않을 것이다. 멀쩡한 물병을 버리는 건 자원 낭비이자 환경을 파괴하는 일인데……. 그때 마르틴손 선생님이 우리 앞에 서 있었다. 선생님은 검지손가락으로 문을 가리켰다. 나가라는 뜻이었다. 선생님은 클레오를 리처드 교장 선생님께 보냈고, 드류를 양호실로 보냈다. 이안은 손을 가지런히 모은 채 매우 반성한다는 표정을 지었다. 선생님이 밖으로 나가자마자, 나는 이안의 정강이를 세게 찼다. 이안이 윽 하고 신음을 냈지만 드류처럼 이상한 소리는 아니었다. 마르틴손 선생님이 들을 정도도 아니었다. 적어도 봐줄 만하게 이성적이고 착한 모습이었다.

드류와 클레오는 교실로 돌아오지 않았고, 나는 쉬는 시간에 갈등 해결 기술을 써 보기로 했다. 먼저, 마르틴손 선생님께 상징에 대한 수업 내용이 아주 감동적이었다고 말씀 드렸다.

"시간의 길을 대표하는 강을 예로 드신 부분이 정말 사색적이고 멋있었어요."

우리 엄마는 프리랜서 편집자다. 엄마는 무엇인가 어려운 것에 대해 말해야 할 때면 '똥 샌드위치'를 만들어야 한댔다. 좋은 것 두 개 사이에 안 좋은 것 한 개를 넣는 것이다. 그래서 나는 마르틴손 선생님이 얼마나 훌륭한 분인지를 먼저 말한 다음, 클레오를 교장실로 보낸 선택에 전적으로 동의한다고 말했다. 그다음 나는 클레오가 물병을 던진 데에는 심오한 이유가 있으며 정상 참작이 필요하다는 것을 알렸다.

"정상 참작이라?"

"네, 그러니까 물병이 가기 전에 쪽지가 있었다는 걸 아셔야 해요. 분명히 클레오는 부적절한 행동을 했지만 이유가있습니다."

아, 이것은 뿌듯하게도 유엔에서나 주고받을 만한 대화 수준이었다.

"고맙구나, 미아. 심사숙고하도록 하지."

마르틴손 선생님이 말했다.

"네, 선생님. 선생님이 책임지신다면, 분명히 정의가 승리할 것입니다."

그렇게 나는 똥 샌드위치 제일 위에 맛있고 고소한 빵을 올렸다. 그리고 남은 쉬는 시간 동안 학급문고를 정리했다. 마르틴손 선생님에게 내가 얼마나 믿을 만하고, 신뢰할 수 있는 학생인지 알리고 싶었다. 하하, 이제 클레오는 나에게 엄청난 빚을 진 셈이다.

클레오의 엄마는 경찰관이기 때문에 진실과 정의에 대한 수준과 처벌의 기준이 엄격할 것이라고 생각했는데 그렇지 않았다.

클레오와 클레오 엄마는 리처드 교장 선생님과 오랫동안 이야기를 나누었다. 클레오는 장시간을 주야간으로 근무하는 엄마와 함께 살면서 십 대의 삶에 적응하려고 고군분투하는 자신의 슬픈 처지를 사건이 어떻게 일어났는지 설명하기 전에 먼저 말했다. 클레오가 정학 처분을 받은 그다음 날 클레오는 드류에게 사과하지도 않았다. 그런데도…… 핸드폰이 생겼다!

이로써 나는 지구 전체에서 제대로 된 통신기술이 없는 마지막 사람이 되었다. 차라리 외출금지가 낫다. 정말이다.

수신 : p.lwyn@hotmail.com
발신 : myamyapapaya1@gmail.com
제목 : 21세기

엄마! 클레오에게 핸드폰에 생겼어요!
나도 핸드폰을 사 줄 수 없나요? 지금처럼 엄마가 멀리 있을 때 정말 큰 도움이 될 거예요. 무엇보다, 내게 위급한 상황이 닥치면 어떡하죠? 아빠께는 작년에 한번 말을 꺼내 본 적이 있는데, 서른다섯 살이 될 때까지는 안 된대요. 너무 심한 농담 같아서 더는 핸드폰을 사 달라는 말을 꺼내지 못했어요.
엄마, 제발, 제발, 제발요!
할머니께 안부 전해 주세요.
사랑해요.

미아 올림

수신 : cleocleobear@gmail.com
발신 : myamyapapaya1@gmail.com
제목 : 아아아아아아악!

너에게 핸드폰이 생기다니! 아직도 믿을 수 없어!

수요일 아침, 학교 가는 길에 클레오는 새로운 핸드폰의 모든 기능을 내게 보여 주었다. 전부 다! 클레오는 오전 내내 이 말만 했다.

"내 핸드폰…… 내 핸드폰…… 내 핸드폰……."

클레오는 문자를 보낼 수도, 사진을 찍을 수도, 날씨를 검색할 수도, 게임 속에서 컵케이크를 구울 수도, 용을 키울 수도 있었다. 용 게임은 진짜 놀라웠다. 하지만 게임 앱에서 용의 알이 깨지려고 한다는 안내문이 뜨는 순간 난다가 클레오 사이의 어깨를 파고들었다.

"이것도 화면을 보는 거니까 언니의 시청 시간에 포함되는 거야. 아빠한테 말해야지!"

난다와 나는 미디어를 보는 시간이 30분으로 정해져 있다. 이것은 안타깝게도 엄마 아빠가 21세기 사람이 아니라는 증거였다. 지금처럼 기술이 발달한 시대에 하루 30분만 미디어를 접할 수 있다면 어떻게 제대로 된 교육을 받은 사회인이 될 수 있을까?

"입 다물어, 난다."

"아빠한테 언니가 입 다물라고 했다고 말해야지."

난다가 다니는 초등학교와 내가 다니는 중학교는 바로 옆에 붙어 있어서, 매일 아침 난다를 학교에 보내는 일은 내가 해야 했다. 지금은 엄마가 없어서 하교 때에도 난다를 데리러 가야만 한다. 반 정도 믿는 불교 사상적으로 접근하자면, 나는 전생에 잘못을 해서 이런 업보를 치러야 하는 게 틀림없다.

"얘! 난다! 나에게는 아주아주 큰 음악 저장소가 있어."

클레오가 핸드폰을 손에서 놓지 않은 채 말했다.

클레오는 갈색 머리에 아주 큰 녹색 눈동자를 가지고 있어서인지 눈을 크게 뜨고 이 말을 하는데 마치 마법 주문을 읊는 마법사 같았다. 이럴 때는 클레오의 말에 현혹된다, 곧바로.

난다는 음악을 좋아한다. 그래서 잽싸게 클레오의 옆에 찰싹 붙었다. 미디어 시청 시간제한에 대해 큰소리를 쳤으면서 나의 제일 친한 친구인 클레오에게 찰싹 붙다니! 아주 위선적이고 성가시다. 나는 클레오와 난다를 따라가며 점점 기분이 상하기 시작했다. 친구 없이, 핸드폰도 없이 뒤처져 걷다가 어젯밤 엄마하고 했던 통화 내용이 떠올랐다. 엄마는 내가 보낸 이메일을 보았고, 그 '핸드폰에 대한 것'을 아빠와 '집으로 돌아와서' 의논하겠다고 했다. 도대체 그게 언제일까? 할머니는 좀 어떠시냐고 물었더니 엄마는 나이가 들수록 회복도 느리다고 대답했다. 그 말은 아무런 위로가 되지 않았다.

할머니는 나이가 정말 많기 때문이다.

　모두가 가진 핸드폰을 혼자만 가지지 못한다고 생각하자 우주 정거장에서 친구들이 댄스파티를 할 때 나 혼자만 어울리지 못하고 둥둥 떠다니는 것 같았다. 이 공간에서 나만 몇 달 동안 방치된다면? 몇 년이라면? 영원히 그러면 어떡하지?

　아빠와 엄마는 왜곡된 시간 속에 살고 있는 것이 틀림없고, 아직도 나를 열 살짜리 어린이로 보는 게 분명하다. 이것은 핸드폰이 없는 것과 미디어 시청 제한의 문제만이 아니었다. 내 존재에 대한, 아주 중대한 문제였다. 이를 테면 우리는 방이 세 개 있는 타운하우스에 살고 있다. 방 두 개는 위층에 있고, 나머지 하나는 지하에 있다. 보통 십 대의 자녀에게 지하에 있는 '독립된' 하나의 '공간'과 '자유'를 준다. 하지만 우리 부모님은 달랐다. 그러면 가족이 너무 떨어져 있다며 안된다고 했다. 이쯤이면 우리 부모님은 '고의적'으로 나의 독립을 '방해'하고 있다고 본다.

　엄마는 미얀마에서 할머니를 간호하고 있다. 왜 이런 상황이 생겼을까? 특히 지난 9월까지만 해도 학교의 오픈 하우스 행사에 우리 엄마가 왔는데……. 아무튼 모든 것이 바뀐 한순간이 떠오른다.

엄마가 미얀마로 떠나기 전날 오전 6시였다. 전화가 울렸다. 이 시간에 전화가 울리면, 거의 미얀마에서 온 것이다. 미얀마에서는 대부분의 사람이 시간 계산을 잘 못하고 6시를 아침이라고 생각하기 때문이다.

처음에는 그 전화에 대해 크게 신경 쓰지 않았다. 하지만 다시 잠을 청하려고 이불 속에 들어갔을 때, 평소 친척들과 대화할 때와 다른 부모님의 목소리가 들렸다. 엄마는 문을 열었다가 닫았다. 아빠는 알아들을 수 없는 소리로 여러 번 말하더니 방에서 나와 계단을 오르내렸다. 뭔가 이상한 일이 생긴 것이다.

난다와 나는 거의 동시에 일어나 앉았고 가운을 걸쳐 입었다. 가운은 위니 이모가 작년 크리스마스 선물로 준 보라색 털이 달린 것이었다. 나는 그 가운을 가장 좋아했지만, 난다와 비슷한 거라 왠지 꺼려져서 다른 것으로 갈아입었다.

난다가 먼저 방문을 열고 복도로 나갔다.

"무슨 일이에요?"

"오, 아가! 아직 이른 시간이야. 다시 들어가서 자렴."

엄마가 말했다

"잠이 깨 버렸어요. 엄마 아빠가 코끼리들처럼 어슬렁어슬렁 돌아다녀서요."

난다의 말에 나는 한숨을 쉬며 엄마에게 물었다.

"누구 전화예요?"

"미얀마에서 피우 이모에게 전화가 왔어. 할머니가 편찮으시대."

미얀마에는 친척들이 아주 많이 있다. 만날 때마다 항상 안아 주고, 볼을 꼬집고, 뽀뽀해 주고, 선물을 주는 분들이다. 내 기억 속에는 모두가 하나의 '따뜻하고 좋은' 흐릿한 형체로 남아 있다. 피우 이모도 좋은 분이다. 할머니와 할아버지는 엄마와 엄마의 언니인 위니 이모가 어렸을 때 캐나다로 이민을 오셨다. 하지만 5년 후 할아버지가 돌아가시고, 따뜻한 날씨가 그립다며 다시 미얀마로 돌아갔다고 들었다.

"얼마나 아프신데요?"

"폐렴이래. 지금 병원에 계시고. 아빠가 지금 당장 떠날 수 있는 비행 편을 예약하고 있어."

"우리 미얀마로 가는 거예요?"

난다가 물었다. 난다는 미얀마를 정말 좋아한다. 나 역시 그렇다. 맛있는 음식과 따뜻한 햇빛, 그리고 학교에 가지 않아도 된다. 좋아하지 않을 이유가 없다.

"엄마만 미얀마로 갈 거야."

"우리 없이?"

난다는 엄마가 화성으로 떠나 우리가 노인이 될 때까지 지구로 돌아오지 않을 것처럼 당황하고 놀란 목소리로 물었다. 엄마가 난다를 안아 주며 대답했다.

"오, 아가! 엄마가 다시 집으로 돌아올 때까지 매일 전화도 하고 이메일도 쓸 거야. 그렇게 오래 걸리지 않을 거고. 할머니가 최대한 빠르게 치료를 받고 회복하도록 도우러만 가는 거야."

어른의 눈에 눈물이 고이면 불안해진다.

"우리 걱정은 마세요. 잘 지낼 수 있을 거예요."

내가 말했다. 그리고 복잡해진 마음으로 난다를 쳐다보았는데, 재빠르게 코를 후비고 코딱지를 가운에 쓱 닦는 것이다. 더러워! 나는 고개를 절레절레 저었다.

"매일 아침은 누가 해 주나요?"

난다가 물었다. 나는 어이가 없었지만, 엄마를 웃게 하는 질문이었다. 다음 날 우리는 공항에서 함께 아침 식사를 했고, 탑승구로 들어간 엄마가 사라질 때까지 손을 흔들었다.

(그나저나 교실에 있는 지구본에서 미얀마를 찾고 싶다면 버마를 먼저 찾아보기를 추천한다. 미얀마의 옛 지명이 버마이기 때문이다. 1988년에 바뀌었으나 동의하지 않은 사람들은 여전히 버마라는 지명을 쓰고 있다.)

22

수신 : cleocleobear@gmail.com

발신 : myamyapapaya1@gmail.com

제목 : 정색한 유머

영어 과제 점수는 어떻게 됐어? 나는 A를 받았고, 마르틴손 선생님이 내 과제가 '감동적'이었다고 했어. 그리고 나의 '정색하는 유머'가 마음에 든다고 하셨지. 내 에세이는 심각했는데 말이야. 부분적으로 이해하기 어려우셨던 게 아닌가 싶어.

참, 그리고 드류와 드류에 대한 너의 분석이 담긴 이메일은 잘 받았어. 교실에서 실제보다 더 지적인 척 연기한다는 그 말에 동의해. 그리고 그게 맞다면 드류는 연기 천재야. 오스카 수상자라고 해도 손색이 없겠다.

어제 그 지독한 냄새를 풍긴 건 드류의 신발이니? 이안의 신발이니? 나 완전 질식할 뻔.

아빠가 장기간 떠나 있을 때면 너무 그리웠다. 이번에는 엄마다. 엄마가 너무 그립다. 공평하게. 하지만 아빠가 집을 비울때가 조금 더 적응하기 쉬웠다. 엄마가 더 많은 것을 알고 있기 때문이다. 엄마는 아빠와 마찬가지로 종일 일을 하지만 학교의 특별한 점심 식단에 대해서도 잘 알고, 집 안 물건이 어디에 있는지도 대부분 기억을 한다.

목요일 저녁 식사 후, 난다는 축구용 정강이 보호대를 찾기 위해 방을 쑥대밭으로 만들어 놓았다. 너무 지저분해서 나는 정부에서 우리 방을 압수 수색한 줄 알았다.

"언니! 앞 보호대가 필요해!"

난다가 말했다. 난다는 '정강이'라는 단어가 마치 다른 세상의 것인 양 쓰기 꺼려 한다. 이 습관은 꽤 오래전부터 계속되었기 때문에, 우리 가족은 난다의 정강이 보호대를 '앞 보호대' 또는 '다리 보호대'라고 말해 왔다.

"빨래 통을 뒤져 봐."

엄마가 떠난 뒤 아무도 빨래를 하지 않았기 때문에 빨래 통에 있을 가능성이 높았다.

"봤어 없더라고."

"아빠한테 물어봐."

"아빠가 내 물건은 스스로 관리해야만 한다고……."

아주 일리 있는 말씀이다.

"언니!"

난다의 표정이 무척이나 난처하고 불쌍해 보여서 나는 조금 미안해지기 시작했다. 하지만 축구를 너무 열심히 해서 청소년심화 팀에 들어가고, 겨울 방학도 없이 매일 연습을 해야 하는 상황을 만든 것은 난다였다. (팀 이름이 '청소년

들의 권리를 위한 유엔 협약 팀'이라는 것에 동의할 수 없
다.)

"연습에 늦을 것 같단 말이야!"

나는 하는 수 없이 일어나 빨래 통을 뒤져 보고, 난다의 서
랍장을 모두 살피고, 침대 아래까지 들여다보았다. 하지만 어
디에도 보호대는 없었다.

"난다, 아무래도 앞 보호대 없이 가야겠는데?"

보호대가 없다고 연습을 못하게 하지는 않을 것이다. 그런
데 난다가 보이지 않았다. 나 혼자 빈방에서 말하고 있었다.

"너 어디야?"

"화장실!"

난다는 화장실 바닥에 앉아 있었다. 한쪽에는 축구 양말
을 신고, 한쪽에는 무언가를 넣고 있었다. 그 옆에는 엄마의
생리대가 있었다.

"난다, 지금 뭐 하는 거야?"

"적당한 패드를 찾았지 뭐야! 이거면 되겠어. 심지어 붙이
는 면이 있어서 고정도 돼."

난다는 생리대 두 개를 겹쳐 다리에 붙인 후 그 위로 양말
을 신었다.

"그건 진짜 좀⋯⋯."

그때 아빠가 집 앞에서 자동차 경적을 울렸다. 내가 말을 마치기도 전에 난다는 (벌떡 일어나 빠른 속도로 계단을 내려갔다. 내 눈 앞에 생리대 포장지가 여기저기 흩어져 있었다. 나는 그것을 치우기가 너무 싫었다.

다시 방으로 돌아와 침대 위로 몸을 던졌다. 엄마가 정말 그리웠다. 엄마는 난다의 정강이 보호대가 어디에 있는지 알고 있었을 것이고, 절대로 난다가 그것을 차고 나가게 하지 않았을 것이다. 나는 이 기억을 최대한 빨리 없애려고 노력해야만 했다.

엄마와 함께 미얀마로 갔어야 했다. 내가 할머니 간호에 큰 도움이 되었을 것이다. 중간중간 엄마와 쇼핑을 할 수도 있었을 텐데……. 엄마는 미얀마에서 태어났다. 우리 가족은 미얀마에 몇 번 가다가 내가 아홉 살이 된 이후로는 가지 못했다. 미얀마에 갔을 때, 엄청나게 큰 시장에 가서 금색 종과 나무 코끼리 조각상, 조개껍데기로 만든 목걸이를 구경했다. 기억 속에는 60억 명 정도 되는 친척들이 나에게 뽀뽀를 해주었던 것과 어딜 가든 맡을 수 있었던 백단향과 지역 음식 냄새가 남아 있다. 머무는 내내 너무 많이 먹어서 풍선이 되어 터질 것만 같은 기분을 느꼈다.

근래에 미얀마와 방글라데시 국경 사이에 있는 소수 민족이며 무슬림인 로힝야족을 차별하여 군부대가 마을을 불태우는 사건이 일어났다. 아빠는 할머니가 사는 양곤과 멀리 떨어진 곳에서 일어난 일이니 너무 걱정하지 말라고 했다. 하지만 나는 걱정이 되었다. 엄마는 우리 없이 혼자 미얀마에 갔고, 할머니는 폐렴으로 고생하고 있으며, 로힝야족은 방글라데시의 난민 캠프에서 머물고 있다. 그곳은 5성급 리조트가 절대 아니다. 미래의 유엔을 대표하는 사람으로서 내가 이런 걱정을 하는 건 당연한 일이다.

금요일에 엄마가 전화했는데 더는 할머니 집에 머물지 않는다고 했다. 대신 병원 근처에 있는 게스트하우스에서 머문다는 것이다. 게스트하우스에는 요리사가 있고, 엄마는 치킨 카레와 볶음밥, 그리고 따뜻하고 새콤한 국을 즐기겠지. 나는 그 새콤한 국을 정말 좋아했는데, 이곳에서는 딱 맞는 재료를 찾지 못해서 먹을 수가 없었다.

우리 집에는 요리사가 정말 필요한 것 같다. 사흘 연속으로 밥과 스크램블 에그, 그리고 브로콜리를 먹었는데 내내 탄맛이 났다. 아빠는 음식이 졸아서 그렇다고 했다. 나는 그렇게 졸인 음식을 먹어 본 적이 없다. 이 기억 또한 최대한 빨리 없애고 싶다.

금요일 저녁 이후 끔찍한 일이 벌어졌다. 난다는 목욕 중이었고 나는 방에서 책을 읽고 있었는데, 아빠가 들어와서 침대 끝에 앉았다. 아빠는 헛기침을 했다. 화가 난 것 같지는 않았지만 무언가 내가 잘못했다는 생각이 들었다. 아빠는 다리를 꼬고 앉았다가 다시 풀었다가 헛기침을 반복했다.

"세면대 아래에 사탕이 있더라고요."

나는 사탕을 먹은 것이 생각나 먼저 말을 꺼냈다.

"세면대 이야기가 나와서 말인데…… 어제 화장실에서 말이야, 뭔가를 봤거든. 엄마가 집에 없으니까…… 이런 얘기는 엄마와 하는 게 편할 테지만…… 그리고 학교에서 이미 어느 정도는 배웠을 거라고 생각하는데…… 사춘기가 되면, 몸에 여러 가지 변화가 찾아오지……."

아빠의 말이 끝나기가 무섭게 내 머릿속에서 적색 섬광이 스쳐 지나갔다.

"아빠!"

"이런 이야기를 하는 게 어렵기는 하지. 그렇지만 절대 부끄러워할 일이……."

난다가 생리대로 앞 보호대를 만든 사건. 바닥에 흩어졌던 그 포장들……. 아빠가 그것들을 보게 되면 어떤 상상을 할지 미처 생각하지 못했다.

"아빠! 그만! 그만해요! 정말 정말 그만해요!"

나는 귀를 막고 눈을 감으며 말했다. 하지만 통하지 않았다.

"원한다면 엄마와 통화할 때 이 일에 대해……."

"내가 한 것도 아니고 내가 그런 것도 아니란 말이에요!"

귀를 막는 기술은 바로 포기하고, 아빠를 내 방에서 최대한 빠르게 나가게 하는 방법을 택하기로 했다. 나는 아빠를 잡아당기고, 등을 밀고, 문밖으로 내몰았다.

"네 것이 아니라고?"

나는 매우 단호하고 강하고 세차게 고개를 저었다. 표정은 여전히 혼란스러워 보였지만 아빠는 두 손을 들고 항복 표시를 하며 나갔다.

"아빠랑은 다시는, 절대로, 말하고 싶지 않아요!"

아빠가 고개를 끄덕였다.

"알겠어."

나는 아빠가 서 있는데도 불구하고 방문을 닫아 버렸다. 다시는 내 방에서 나가지 않을 것이다!

수신 : cleocleobear@gmail.com

발신 : myamyapapaya1@gmail.com

제목 : 우리의 계속되는 우정

너의 전화를 기다렸지만 결국 너는 전화를 하지 않았어. 아마도 누군가와 문자를 주고받거나 용을 키우고 있겠지? 너는 이제 나를 완전히 잊어버리고, 핸드폰 세상에서 살고 있어. 하지만 중요한 일은 나 빼고 이야기하지 마! 또, 누군가가 재미난 이야기를 한다면 내게 바로 전화해야 해!

월요일 모임 회의에 대해서 계획도 좀 세워야겠어. 전화 좀 해, 전화! 아니면 이메일을 보내. 아니면 돌멩이에 문자를 새겨서 우리 집 현관 앞에 두기라도 해. 우리 집은 지금 혼돈의 세계이고, 너는 나와 유일하게 연결된 드넓은 외부 세계란 말이야.

내가 클레오와 가장 친한 이유는 생각하는 방식이 똑같기 때문이다. 예를 들면, 마르틴손 선생님이 인간 역사상 가장 큰 변화가 무엇이라고 생각하는지 물어보면, 클레오와 나는 동시에 "핸드폰"이라고 답한다. 정말 동시에 말이다. 우리의 뇌는 같은 행성에서 만들어진 것이 틀림없다.

반면에 난다의 뇌는 우주 먼 곳의 명왕성에서 만들어져 광속으로 질주하듯 이곳에 떨어진 것이 분명하다. 나의 이론에 의하면, 난다의 뇌는 질주하다가 엄청난 양의 방사선에 노출되었고 그로 인해 완전히 돌연변이가 되었다.

토요일 아침, 나는 현관문을 나서자마자 형형색색의 양털 그물에 걸려 버렸다.

"난다!"

그것은 마치 거대한 거미줄에 잡힌 기분이었다. 벗어나려고 할수록 더 많은 털이 다리에 휘감겼다.

"그걸 망가뜨리다니!"

난다가 2층 창문에서 머리를 내밀며 비명을 질렀다.

"언니가 내 집 라인을 망가뜨리고 있다고!"

"밖으로 나가려고 했을 뿐이야!"

"잡아당기지 마!"

"당장 치우지 못해!"

아빠가 2층의 또 다른 창문으로 머리를(수탉의 볏과 같은 머리로) 내밀 때까지 우리는 계속 서로에게 소리를 질렀다. 아빠는 토요일 아침 9시에 정신 나간 사람들처럼 소리를 지르면 이웃들이 다 이사를 가 버리겠다고 했다. 나는 어디로 가려고 집을 나섰는지도 잊어버렸다. 이게 내 탓인가?

난다는 좋아하는 군인 장난감을 위해 양털 그물로 집 라인을 만들어 주려고 했고, 그 그물은 집의 반을 덮어 버렸다. 그리고 나는 집 라인의 일부를 망가뜨리며 현관문을 연 장본인이었다. 어떨 때는 내가 손가락을 튕기면 짠 하고 판사와 배심원들이 나타나 객관적인 판단을 해 줬으면 하고 바라고는 했는데, 딱 그 상황이었다.

"미아?"

아빠가 눈썹이 위로 올라갈 정도로 눈을 크게 뜨고 나를 불렀다.

"클레오네 집에 잠시 다녀오려고 했어요. 그뿐이에요."

나는 식탁 위에 메모를 남겨 두었다. 나에게는 아침 일찍 집을 나서는 일이 중요했다. 클레오를 만나고 나서 위니 이모와 점심을 먹을 생각이었기 때문이다.

"낙엽을 쓸어 두라고 했잖니? 그리고 위니 이모와 점심 먹는 거 잊지 마라."

왜 나는 괴성을 지르며 싫다고 말하고는 뛰쳐나갈 배짱이 없을까?

"난다가 낙엽을 치우면 안 되나요?"

난다에게는 분명히 생산적인 활동 시간이 필요하다.

"난다는 자기 방을 치우기로 했어."

결국 나는 클레오를 보러 갈 수 없었다. 하지만 위니 이모가 가지고 온 맛있는 음식은 모조리 맛볼 수 있었다. 뭐, 이것도 그렇게 나쁘지 않았다.

나는 미얀마 음식을 좋아한다. 위니 이모는 미얀마 음식을 잘한다. 내가 제일 좋아하는 음식은 오노카우쉐(현지 발음에 더 가깝게 말하자면 '온노카욱쇠')다. 닭고기와 코코넛 소스가 뿌려진 국수인데 정말 맛있다. 이것 말고도 맛있는 음식은 아주 많다.

위니 이모가 우리를 위해 가지고 온 음식은 소고기 카레와 야채 렌틸 카레였다. 다 타 버린 브로콜리를 수요일까지 먹을 뻔했는데 천만다행이었다.

내가 먹어 본 미얀마 음식에는 양극성이 있었다. 카레는 맛있고, 매콤하면서도 달콤하다. 그런데 통깨 같은 것으로 만든 얇은 사각형의 디저트는 재료부터 알맞지 않다.

이모가 카레와 함께 가져온 디저트는 다행히도 이모가 직접 만든 망고 푸딩이었다. 망고 푸딩은 흔들흔들 움직였다. 교장 선생님이 조례 시간에 살짝 흔드는 그 손짓처럼 말이다.

위니 이모는 우리 엄마보다 여섯 살 위다. 곱슬머리에 코 옆에 큰 점이 하나 있다. 나쁘게 말하고 싶지는 않은데 이모가 텔레비전 쇼에 나오는 멋진 요리사와는 거리가 멀다고 생각한다. 그리고 실제로는 보험 회사에서 일을 하고 있다. 새로운 보험 회사로 옮겼기 때문에 미얀마로 가서 할머니를 같이 돌볼 수가 없었다.

음식은 괜찮았지만 망고 푸딩은 요리 프로그램에 어울릴 만큼 괜찮지 않았다. 모양도 마치 거대한 슬라임 덩어리 같았다. 먹는 척이라도 해야 했기에 나는 아주 작은 스푼으로 아주 조금 떠서 입에 넣었다. 삼키지 않은 상태로 "맛있어요."라고 웃으며 말하는 것도 여간 어려운 일이 아니었다.

난다와 이모가 자리로 돌아왔을 때, 나와 아빠는 배를 두드리며 맛있는 음식을 잔뜩 먹은 행복한 표정을 지었다. 정말 완벽한 순간이었다. 아빠는 훌륭한 요리사는 아니지만, 유용한 삶의 기술을 터득하고 있는 어른임이 분명했다.

매일 월요일 점심시간에는 '사회적 정의를 위한 청소년 회의'가 있다. 엄마로부터 미얀마 정부가 유윈틴이라는 신문사 편집자를 감금했다는 이야기를 들은 후 클레오와 나는 이 모임을 시작했다. 정확히 클레오가 《나는 말랄라》라는 책을 다 읽은 날, 엄마는 유윈틴에 대한 이야기를 들려주었다. (이것만 봐도 나와 클레오가 왜 같은 행성에서 왔는지 알 수 있다. 우리는 정말이지 거의 똑같다고 볼 수 있다.)

몇 년 전까지만 해도 미얀마는 군사 정권의 지배를 받았다. 유윈틴은 미얀마가 민주주의 국가가 되어야 하고, 모든 시민이 선거에서 투표할 수 있게 해야 한다고 믿었다. 군사 정권은 유윈틴의 생각을 좋아하지 않은 탓에 감옥에 처넣었다. 그리고 정신 교육을 시킨다며 잡아 둔 시간은 단 6주가 아니었다. 무려 19년! 19년 동안 유윈틴은 감옥에 있었다. 군사 정권은 유원틴을 침대도 없는 개집에 가두었고, 음식을 충분히 주지 않았다. 유원틴은 석방되자마자 (그 무렵에 고인이 되었지만) 민주주의에 대한 글을 쓰고 정치범들의 가족을 만났다. 기본적으로 매우, 멋졌다.

말랄라는 많은 사람이 여학생은 학교에 다닐 필요 없다고 믿는 파키스탄 출신이다. 어려운 상황에서도 말랄라는 학교에 다녔다. 처음에 나는 학교에 가지 않아도 된다니 좋은 거 아닌가, 라고 생각했다. 하지만 수업을 받는 대신 집에서 하루 종일 청소를 하고 가지 요리를 해야 한다는 사실을 알고 나서는 나 자신이 부끄러웠다. 심지어 나는 가지를 싫어한다.

말랄라는 학교가 좋은 곳이라는 내용이 담긴 에세이를 썼다. 사람들은 말랄라에 대한 다큐멘터리를 만들었다. 어떤 남자는 말랄라의 머리에 총을 쏘기도 했다. 그게 얼마나 미친 짓인지! 하지만 말랄라는 유원틴처럼(훨씬 어리고 구레나룻이 없지만) 바로 복귀했다. 그러더니 병원 침대에서 뛰쳐나와 여학생들이 왜 학교에 가야 하는지에 대해 말하기 시작했다. 그 결과, 최연소로 노벨 평화상을 받았다.

나는 클레오에게 유원틴에 대해 이야기해 주었고, 클레오는 나에게 말랄라에 대해 들려주었다. 대화는 이렇게 흘러갔다.

나 : 유윈틴은 고문을 당했어. 미얀마의 감옥이라니, 상상할 수 있어? 그리고…….

클레오 : 그 후에 수술을 받기 위해 영국으로 날아갔어.

나 : 엄마는 미얀마 밖에서는 유윈틴에 대한 이야기를 들어본 적이 없대.

클레오 : 말랄라의 아빠도 소녀들을 위해 교육이 필요하다고 믿으셨대.

모든 대화의 끝에, '사회적 정의를 위한 청소년 회의(사청회)'가 탄생했다. 클레오와 나는 총에 맞거나 개집에서 자는 것을 제외하고, 말랄라처럼 노벨상을 타기로 결심했다.

처음에 '사청회'에는 우리 둘뿐이었지만 포스터를 만들고 모든 수업에서 발표를 했더니 회원은 12명으로 늘어났다. 몇 주 동안 클레오와 내가 주제를 정했고, 모두가 정치인들에게 편지를 썼다. 이후 몇 주 동안은 세상의 터무니없이 무수한 '중요한' 문제들로 사람들을 놀라게 하고 싶지 않은 마음에 편지 대신 예술 작품을 만들어서 우편으로 보냈다. (이것은 엄마의 아이디어였다.)

불행히도 클레오가 나에게 전화를 하지 않은 탓에 우리는 월요일의 회의 주제를 정하지 못했다.

"어디 있었어?"

나는 그날 아침 교문 앞에서 클레오를 만나자마자 물었다. 난다는 이미 나보다 훨씬 앞서 학교 운동장으로 들어가며 손을 흔들었다.

"무슨 소리야?"

클레오가 물었다.

"두 번이나 메시지를 남겼는데 전화하지 않았잖아. 사청회에 대해 이야기를 나눴어야지."

클레오는 코를 찡긋거리며 말했다.

"미안, 좀 바빴어."

"언젠가 노벨 평화상을 타려면 가장 친한 친구에게 전화를 했어야 한다고 생각하는데."

그렇지 않다면 훌륭한 의사 전달자가 되지 못할 것이고, 국제적인 관계에 있어서도 도움이 되지 않을 것이 분명하다.

"알았어, 알았어."

클레오가 손뼉을 치며 말했다.

"미안해. 그래서 뭘 해야 한다고?"

"주제를 정해야지!"

하지만 학교 정문에 들어서자마자 클레오의 핸드폰이 울렸고, 우리는 주제에 대한 이야기를 이어 갈 수 없었다.

"이번 주는 좀 쉬면 안 될까?"

클레오가 물었다.

"드류한테 이모티콘 사용법을 알려 주기로 했거든."

나는 얼음이 되어 그 자리에 멈춰 섰다.

"드류한테 뭘 하기로 했다고?"

"이모티콘! 이모티콘을 어떻게 쓰는지 모른대."

클레오가 말했다.

"그게 말이 돼?"

"아니, 드류에게도 오랫동안 핸드폰이 없었잖아."

클레오는 발이 떨어지지 않는 나를 잡아끌어 교실 안으로 밀어 넣으며 말했다.

"이모티콘 말고. 어떻게 네가 주말 동안 드류와 대화를 할 수 있었냐 말이야."

"조조가 모두의 핸드폰 번호를 보내 줬어. 드류의 번호가 눈에 들어왔고, 사과를 해야겠다는 생각이 들었지. 너도 알잖아, 내가 물병을 던진 거."

조조는 우리 학년에서 최초로 핸드폰을 가진 친구였다. 또 최초로 가슴이 나오기 시작했던 친구이기도 하다. 그 시기가 묘하게 겹치는 것은 우연이었을 것이다.

클레오의 이야기를 곱씹는 동안 담임선생님이 들어왔다.

"그러니까 한 번만 쉬는 게 어때?"

클레오가 속삭였다.

"안 돼!"

"그럼, 누구에 대해 써 볼까?"

"생각해 볼게."

"그럼……."

클레오는 눈짓으로 드류를 가리켰다.

"그건 네가 생각해 봐."

클레오가 사회적 정의보다 이모티콘이 더 중요하다고 생각한다면, 나는 더 할 말이 없다.

회의

사회적 정의를 위한 청소년 회의

9월 25일

1. 미얀마에서 일어나는 폭력에 대해 발표하기 (미아 파슨스)

• 로힝야족은 미얀마의 무슬림 소수민족이다.

로힝야족은 기본적으로 정부의 핍박을 받아 왔고, 몇몇은 반란을 일으켰다. 이에 대한 군부대의 반응은 "모두 다 죽여라! 마을을 불태워라!"

• 유엔 보고서에 따르면 이달 현재 미얀마에서 방글라데시로 국경을 넘어

온 로힝야족 난민들은 40만 명이 넘는다.

2. 로힝야족 사태 대응 논의

• 클레오가 난민 캠프의 로힝야족 청소년들을 위해 기금을 모으자고 말했고, 만장일치로 승인되었다. 실행은 매튜가 보조한다.

• 10월 6일 금요일에 빵 바자회를 개최한다.

3. 사회적 정의를 위한 청소년 회의가 난민 위기를 해결하는데 도움이 된다는 사실이 현실이 되기를 바란다.

"모두 집중하세요!"

9월의 마지막 주 화요일, 마르틴손 선생님이 손뼉을 치면서 말했다. 새로운 프로젝트에 대해 전할 때마다 하는 행동이다. 모두가 조용해졌다. 마르틴손 선생님은 6학년 때에도 우리의 영어 선생님이었다. 선생님이 제안하는 프로젝트는 어떤 것은 좋고, 어떤 것은 그냥 그랬다.

"아주 흥미진진한 조사단을 만들고자 해요. 사람들이 다양한 방법으로 소통해 온 역사에 대해 연구하게 될 거야."

"이메일처럼요?"

조조가 말했다.

"그렇지, 조조. 아마 너와 네 파트너는 그것에 대해 쓸 수도 있겠구나."

파트너라는 말에 클레오와 나는 동시에 팔짱을 꼈다. 클레오가 월요일의 주제 선정을 위한 회의 시간을 드류와 속삭이는 데 썼음에도 불구하고, 그래서 의도적으로 대화를 피했는데도 느낌이 왔다.

"누가 다른 소재를 말해 볼 사람?"

마르틴손 선생님이 물었다. 클레오와 나는 둘 다 손을 번쩍 들었다. 클레오는 이미 반쯤 일어나 있었다.

"핸드폰이요."

선생님이 클레오를 지목하자마자 대답했다.

"네, 핸드폰이요."

나는 더 또박또박 정확하게 말했다.

"아주 좋은 현대의 소통 방식이지, 좋아."

클레오가 속삭였다.

"우리는 핸드폰에 대해 써야 해."

"당연하지."

마르틴손 선생님은 여전히 규칙에 대해 설명하고 있었다.

"우선 서면 보고서, 발표 자료를 준비해야 해요. 창의적인 생각을 해 보렴. 슬라이드 쇼를 제작하고 포스터를 만들어 봐. 작년에 한 그룹은 뮤직비디오까지 찍어 왔단다."

이안은 선생님이 자신을 보지 않으면 금방이라도 폭발할

것 같은 표정으로 손을 흔들었다.

"그래, 이안?"

"봉화 같은 것을 해도 되나요?"

"그럼요."

"진짜 불을 피워도 되는 건가요?"

"아니."

바보 집단인 소년들의 신음이 들려왔다.

"컴퓨터실에 가서 미리 올려 둔 포스터 게시판의 자료를 몇 가지 참고해 보도록. 집에서 가져오고 싶은 것들이 있을 수도 있어. 이 프로젝트는 앞으로 몇 주 동안 진행될 예정이야."

마르틴손 선생님은 작년 샘플들을 보여 주었다. 약간 인상적인 것도 있었지만, 클레오와 내가 함께 만들 수 있는 것에 비하면 별것 아니었다.

"저녁에 시간을 내야 할 거야."

클레오에게 속삭였다.

"초콜릿이 필요하겠군."

클레오가 대답했다.

"아빠가 케이크를 사 주실 거야. 냉동이겠지만."

작년에 우리는 과학 프로젝트를 하다가 함께 잠이 든 적도 있었다. 그때 초콜릿 케이크를 반나절 만에 다 먹어 버렸다.

박스에서 꺼내지 않은 채로, 포크만 가지고서 말이다. 내가 먹어 본 케이크 중에 가장 맛있었다. 그날 우리는 엄청나게 많은 양을 연구했다. 잠이 오지 않았기 때문이다.

모두들 파트너를 구하려고 속삭이고 있을 때, 마르틴손 선생님이 손을 들었다.

"파트너는 지정해 줄 겁니다. 주제부터 연구해 보세요."

이번에는 소녀들의 신음이 들렸다. 특히 클레오와 나는 칼에 찔린 표정으로 서로를 응시했다. 마르틴손 선생님은 우리를 절대 붙여 주지 않기 때문이다. 나는 그것이 선생님들이 대학교에서 배운 고문 기술이라고 거의 확신했다.

선생님은 즉시 이름을 읊기 시작했다. 조조와 라훌, 사이먼과 엘라. 모두가 비명을 질렀다. 그다음은 클레오와 드류. 나는 그다음이 나라는 것, 그리고 내 이름과 함께 불릴 이름을 직감했다. 하마터면 책상 밑으로 기어 들어갈 뻔했다.

"미아와 이안. 너희 둘이 한 팀이야."

내가 선생님을 미워하게 하려는 걸까? 나는 이안을 향해 으르렁거렸다. 이안 역시 나를 향해 입을 삐죽거리며 으쓱해 보였다. 정말 말도 안 되는 반응이었다. 왜냐하면 이안에게는 분명히 더 좋은 거래 조건이기 때문이다. 마르틴손 선생님이 말했다.

"계획을 짜기 시작해. 주말에는 어떤 소통에 대해 정했는지, 전달 방식은 무엇인지에 대해 정하고 이름을 붙이고 아이디어 요약본을 제출해야 할 거예요."

이안과 나는 서로를 응시했다. 옆에서는 클레오와 드류가 이미 함께 고개를 숙이고 속닥거리고 있었다. 나는 클레오를 계속 쳐다보았지만 알아차리지 못했다.

"파트너와 아이디어를 공유해야지?"

마르틴손 선생님이 내 책상을 두드렸다.

"제2차 세계대전의 암호."

폭탄이 터지는 소리를 내며 이안이 말했다.

"아니! 어떤 것에 합의를 해야 하지?"

내가 아까 한 말을 못 들었나?

"핸드폰!"

이안이 펄쩍 뛰었다.

"싫어!"

"뭐라고?"

"너무 진부해."

나는 당황했다. 침착해야 해. 하지만 정말 화가 나!

마르틴손 선생님은 여전히 우리 옆에 서 있었다. 그리고 "상호 수용 가능한 주제를 찾을 수 있을 것."이라고 말했다. 선생님이 대학교에서 배운, 전혀 도움이 되지 않지만 도움이 되는 것처럼 들리는 말이었다.

수신 : cleocleobear@gmail.com
발신 : myamyapapaya1@gmail.com
제목 : 우르르 꽝 소리가 없어지는 날!

미디어 시청 시간을 모조리 유엔 웹사이트를 보는 데에 썼어. 그거 알아? 9월 26일은 '국제 핵무기 전면 폐기의 날'이래. 그냥 폐기가 아니야. 전면 폐기야.

내년에는 아이디어를 축하하기 위해 사청회에서 케이크를 먹어야 할 거야.

웹사이트에서 채용 공고문도 발견했어. 한번 봐 봐.

차이를 만드는 것이 당신에게 동기를 부여하나요? 당신은 이타적이고 인류를 위해 봉사하는 더 큰 목적의 일부가 되려고 하나요? 또, 당신의 희망과 강인함은 복잡한 세상에서 변화를 만들고자 하는 열정을 이끌어 주나요?

맞아, 맞아, 바로 이거야! 나는 외교관, 너는 유명한 패션디자이너가 되어 유럽식 아파트를 같이 쓰는 거야. 서로 마주 보고 말이야.

기다리기 너무 힘들다!

수신 : p.lwyn@hotmail.com
발신 : myamyapapaya1@gmail.com
제목 : 엄청난 변화

엄마가 미얀마에 있는데, 도대체 아빠가 무슨 말을 엄마에게 했는지, 왜 그런 말을 했는지 모르겠어! 제발 다시는, 다시는 월경이라는 단어를 입력하지 말아요. 왜 월경이라고 이름을 지었을까?

나는 늙은 의사와 과학자들이 가장 안 예쁘고 이상한 단어를 만들었다고 생각해요. 왜 더 나은 단어를 생각하지 못했을까요? 분명 다른 선택 사항이 있었을 텐데 말이에요. 아! 내가 이 이야기를 계속하고 있다니. 이제 다시는 이 이야기를 하지 않기로 해요. 엄마도 동의했다고 생각하고, 문제는 다 해결되었다고 여길게요.

엄마와 할머니가 집으로 돌아가면, 타마린드 사탕을 좀 사다 주세요. 포장지에 구불구불한 글씨가 써져 있는 그것 말이에요. 우리 반 친구들한테 나눠 주고 싶어요. 음, 전부는 아니고요. 대부분 친구들에게요.

사랑을 전하며, 미아 올림

수요일 아침, 아빠가 최근에 발견한 계피 슈트루델을 먹으며 나는 '그 주제'를 슬쩍 꺼냈다. 내가 성인이 되어 가는 과정에서 실제로 중요한 부분이라고 할 수 있는 그 주제 말이다.

"클레오는 새 핸드폰이 너무 좋은가 봐요."

내가 말했다.

"이 슈트루델은 조금 더 달았으면 좋겠어."

난다가 말했다.

아빠는 아무 말도 하지 않았다. 말없이 냉장고 문을 열고, 우리의 점심식사를 위해 무언가를 찾으려고 열심히 여기저기를 살폈다. 아빠는 마치 갑자기 귀머거리가 된 것 같았다.

"듣고 있어요?"

"아빠, 학교에서 정한 오렌지 데이를 잊지 마요. 오렌지색 물건을 가져가야 해요."

난다가 말했다. 옷차림만 봐도 알 수 있었다. 뭐랄까, 형용하기 힘들었다. '썩어 가는 호박'에 가장 가까웠다.

"뭐라고?"

"오렌지색 물건이요."

난다가 말했다.

"핸드폰이요."

나도 동시에 말했다.

아빠는 조금 피곤해 보였다. 엄마가 떠난 이후로 우리 모두 탄수화물을 너무 많이 먹어서 그런 것 같다. 나는 아빠에게 클레오 엄마가 하던 팔레오 다이어트를 해 보자고 제안했다. 클레오의 엄마는 석기시대부터 존재했던 것만을 먹었다고 한다. 아빠가 약간 그르렁거리는 소리를 냈기 때문에, 나는 난다의 오렌지색을 먼저 처리할 때까지 기다렸다.

"좋아, 통조림 귤, 도리토스 한 봉지. 그리고 치즈 샌드위치를 만들어 줄게. 그러면 되겠니?"

난다는 활짝 웃으며 고개를 끄덕였다. 드디어 아빠가 다시 자리에 앉았고, 나는 핸드폰을 갖고 싶다고 정중하게 말했다. 가장 합리적인 표정과 예의 바른 태도로. 비록 우리 아빠는 환경 전문 변호사지만 (그러니까 따뜻하고 약간 나른하게 들릴 수도 있지만) 어쨌든 변호사다. 그래서 아빠는 논리적인 것을 높이 평가한다. 그런데 아빠는 절대 안 된다고 했다.

"우리 반의 모든 친구들이 핸드폰을 가지고 있다면? 그러면 가질 수 있어요?"

아빠가 한숨을 쉬었다.

"모두 다?"

"네, 모두 다요."

"만약 모든 사람이 핸드폰을 가지고 있다면, 그렇지 않은 사람은……."

아빠는 잠시 뜸을 들였다가 말했다.

"그러니까 너만 가지지 않은 사람이 되겠구나."

아빠와 난다는 마치 역사상 가장 웃긴 광경을 본 사람들처럼 낄낄거렸다. 열네 살이 될 때까지 기다렸고, 단지 핸드폰 하나만을 원할 뿐인데. 그 부탁마저 이렇게 힘들게 하는데…… 딸의 꿈을 망치다니! 매우 잔인하다. 아빠가 내 감정을 노골적으로 무시한다고 느꼈다.

목요일에 사청회에서는 회의를 하지 않고 쉬면서 빵 바자회 포스터를 만들었다. 그리고 월요일 회의 시간에 이어서 더 만들기로 했다. 이 바자회는 엄청날 것이다! 비록 클레오는 우리가 판매할 빵이 국제적인 명성이 있는 것이어야 한다고 주장했지만 나는 미얀마식 디저트를 떠올렸다.

나는 이것이 종종 도전과 함께하는 유엔에서의 나의 미래를 위한 훌륭한 연습이 될 것이라고 생각했다. 아마도 나는 필요한 것보다 더 많은 노력을 했을 것이다. 왜냐하면 아홉 살 때부터 준비해 왔기 때문이다.

미얀마를 여행하던 그해 어느 날, 우리는 오후 내내 한 어르신의 집에서 또 다른 어르신의 집으로 차를 타고 다녔다. 가는 곳마다 엄마와 아빠는 차를 마시고 수다를 떨고 돈 봉

투를 건네었다. 나와 난다는 무릎을 꿇은 자세로 앉아 미소
를 짓고 있었다. 봉투는 존경의 표시로 건네는 것이었다. 그
러는 동안 엄마는 우리에게 무릎에 대나무 바닥 무늬가 찍
혀도 괜찮다고, 또 예의를 갖추려면 그렇게 하는 것이 좋다
고 말했다.

우리의 마지막 일정은 도기 할머니 댁이었다. 도기 할머니
는 위대한 모든 어르신 중에서 가장 마르고 주름이 많았다.
할머니는 앞니가 있어야 할 곳이 뻥 뚫려 있어서 웃을 때 매
우 어색했다. 도기 할머니가 우리를 향해 다가왔을 때, 나는

빵 바자회!

10월 6일, 금요일
방글라데시에 있는 로힝야족 난민들을 도와주세요!
쿠키도! 케이크도! 더 많은 것들이 있어요!

사회적 정의를 위한 청소년 회의

지루함과 지나친 예의로 혼미해져 있었다. 곧 여기저기 모기에 물리고 땀에 젖은 상태로 쓰러질 것 같았다. 그러면 엄마가 미안해하겠지.

"미아, 만나서 정말 반갑구나."

도기 할머니는 평범해 보였지만, 영국식 억양으로 정확하고 우아하게 아나운서처럼 말했다.

"주방에 한번 가 보렴."

테이블 위에는 화려한 깡통에 담긴 쇼트브레드 쿠키와, 온갖 종류의 퍼즐이 놓여 있었다. 일반적인 루빅큐브와 삼각형 모양으로 된 큐브, 조각 나무 퍼즐, 블록 탑들이 있었다. 나와 난다는 마치 디즈니랜드라도 찾은 듯 반가웠다.

도기 할머니는 부모님과 수다를 떨고 나서 나와 난다에게로 와 합류했다. 루빅큐브를 손에 들고, 내 손목시계를 가리켰다.

"시간을 재 봐."

3분 23초.

"어머나, 이제 나도 녹슬었네."

도기 할머니가 웃으며 말했다. 금세 갈 시간이 되었다.

게스트하우스로 돌아가는 차 안에서 엄마는 도기 할머니가 유엔에서 일하면서 전 세계를 여행했다고 말해 주었다. 할머니의 퍼즐 중에 일부는 아프리카에서 가져온 것이라고도 했다. 나는 "도기 할머니를 다시 만날 수 있을까요?" 하고 엄마에게 물었다.

"언젠가는."

엄마가 말했다. 하지만 결국 할머니를 다시 만나지 못했다. 이듬해에 돌아가셨기 때문이다. 그때까지 나는 학교에서 내준 프로젝트를 하나씩 끝내며 유엔과 관련한 나의 직업 계획을 세웠다. 난다가 내 것을 망가뜨리지 않았다면 루빅큐브도 빠른 시간 안에 풀어냈을 것이다.

수신 : p.lwyn@hotmail.com
발신 : myamyapapaya1@gmail.com
제목 : 부탁이 있어요

엄마,
아빠와 통화하면서 내 핸드폰에 대해 이야기 나누는 것을 들었어요. 아빠가 웃는 이유를 모르겠네요. 나는 그것이 외교적인 대응이 아니라고 생각해요.
엄마가 없는 동안 핸드폰이 우리의 안전에 도움이 될 것이 분명하니까, 이제 엄마가 좀 개입해 주었으면 해요. 클레오는 학교의 새 프로젝트를 위해 핸드폰을 사용하고 있는데, 그런 행동이 매우 성숙하고 책임감 있다고 생각해요. 비록 클레오의 파트너는 드류지

만 말이에요.

추신. 아빠가 사 온 초콜릿 슈트루델은 끔찍했어요. 정말 맛이 없었어요. 난다조차도 그것을 먹지 못했다니까요!

추추신. 난다가 축구를 하고 집으로 돌아오자 내가 엄마에게 자신이 3골을 넣었다고 말해 주기를 원하고 있어요.

추추추신. 제발 아빠한테 머리 좀 자르라고 말해요. 아빠의 뒤통수에 엄청 커다란 무언가가 있는 그런 이상한 모습이란 말이에요. 내 친구들이 보면 엄청 당황할 거예요.

우리는 일주일 내로 주제를 정해야만 했고, 마르틴손 선생님은 주말에 최대한 많은 아이디어를 생각해 내고 브레인스토밍을 해 보라고 했다. 내가 떠올린 생각들은 이러하다.

이안과 함께하지 않을 수 있는 방법

- 희귀한 유전병에 걸린 것으로 위장.
- 매일 오후 2시와 3시에 학교 상담소에 상담을 요청.
- 화장실에 숨어서 나오지 않음(2학년때 엘라가 그랬던 것처럼).
- 내 자신의 죽음을 준비함(클레오에게 나를 위한 노래를 해 달라고 부탁한다. 아빠한테 하얀 드레스를 부탁한다, 내가 입을 수 있게. 적절하게, 천사처럼 관 속에 누워 있는다.).

클레오가 복어의 독에 대해 말해 준 적이 있다. 심장 박동 수를 낮출 수 있어서 죽은 것으로 위장할 수도 있다고 했다. 일본에서는 한 남자가 독에 마비되었다가 영안실에서 일어난 적도 있다고 했다!

'그렇게 되면 나는 이 프로젝트에서 완전히 벗어날 수 있을 거야. 난다의 좀비 쇼를 좀 더 주의 깊게 봤어야 했는데.'

두 번째 브레인스토밍을 시도했지만, 전체 페이지를 그저 다른 색깔로 쓴 '핸드폰'으로 채웠다. 내 인생에서 가장 중요한 주제이자 의사소통의 가장 진보된 형태에 대해 어떻게 쓰지 않을 수 있을까?

나는 심지어 핸드폰의 발명가를 찾아보았다. 마틴 쿠퍼였는데, 그 이름을 아무도 들어 보지 못한 데에는 이유가 있었다. 너무 지루한 사람이었다. 마틴 쿠퍼는 모토로라에서 일했고, 모토로라는 마틴 쿠퍼의 발명품을 개발하기 위해 약 1억 달러를 들였다. 진짜로? 1억 달러가 있으면 무엇이든 발명할 수 있을 텐데!

알렉산더 그레이엄 벨도 찾아보았다. 그래서 모든 전화기를 프로젝트 주제에 포함시키면 어떨지도 고려해 보았다. 귀먹은 아내와 어머니를 돕기 위해 벨은 음파를 연구했다. 그 덕분에 전화 기술을 발견하게 된 것이다. 클레오의 말을 그대로 쓰자면 초로맨틱한 발명! 그리고 벨에게는 셜록 홈즈처럼 멋진 파트너, 왓슨이 있었다.

게다가 그때는 또 다른 발명가가 소리 전송을 연구하고 있었다. 알렉산더 그레이엄 벨의 라이벌이었던 그 발명가는 같은 시간에 자신의 장치에 대한 특허를 얻으려고 애썼다. 누가 진정한 발명가가 되는지에 대한 치열한 경쟁 끝에 벨이 이겼다.

클레오와 드류 역시 전화기에 대한 개요를 제출한다면, 나와 이안이 이길 것이다. 왜냐하면 우리의 것이 더 낫고, 지금 나는 '핸드폰'과 '전화기'와 '알렉산더 그레이엄 벨'을 각각 다른 종이에 여러 가지 색깔과 크기로 만들었기 때문이다.

이런 사소한 경쟁을 하면서도 핸드폰은 나에게 대단히 근사한 아이디어를 주었다. 그러니 이보다 몇 만 배 더 중요하고 큰일을 이루기 위해서는 핸드폰이 꼭 필요하다. 유엔에서 일하고, 세상을 구하려면 핸드폰이 꼭 있어야 한다.

배신자, 난다

■

자기 전에 거실을 정리하라고 아빠가 말했다. 보통 그것은 많은 접시와 컵을 부엌으로 옮기고, 신문을 재활용 상자에 넣고, 유독성 폐기물의 일종인 난다의 축구복을 세탁실로 갖다 두라는 것을 의미했다. 더 큰 신임을 얻기 위해 나는 테이블의 먼지를 닦았다. 이런 내가 꽤 멋지다고 생각했다. 은밀한 성지를 발견하기 전까지 말이다.

거실 한쪽 구석에 엄마의 자단 목재로 만들어진 장이 있었다. 엄마의 성지였다. 가운데 선반에는 종과 조각된 목조 불상, 미얀마의 황금 불교사원인 쉐다곤 파고다 사진이 있었다. 엄마가 매일 아침 제물을 올리는 작은 그릇들이 선반 앞쪽에 놓여 있었다.

성지에는 두 가지의 작은 문제가 있었다. 부처님은 실제로 그 제물을 먹지 않고, 엄마는 3주 동안 집을 비웠기 때문에 접시 위에 있는 밥에 곰팡이가 피어 있었다. 윽, 진짜 곰팡이 밥.

나는 한 손으로 하나의 그릇을 집어 들고 다른 한 손으로는 곰팡이 포자를 들이마시지 않도록 코를 막은 채 부엌으로 뛰어갔다. 그리고 초록색에 가까운 흐릿하고 무시무시한 내용물을 퇴비 통에 버린 다음 손으로 그릇을 씻어 다시 제자리에 가져다 놓았다.

잠자리에 들기 전에 아빠는 내가 아주 훌륭하게 잘해 주었다며 1달러를 주었다. 정말 예상 밖의 일이었지만, 아빠의 지갑 속에 있던 액수에 비하면 정말 적긴 했다. 부처님은 더 관대하시지 않을까, 생각하며 나는 잠자리에 들었다.

마르틴손 선생님은 화려하게 쓴 제목 페이지를 보고도 "이건 안 돼."라고 말했다. 선생님은 클레오와 드류가 금요일에 이미 같은 주제를 제출했다고 했다. 둘은 오늘 벌써 알렉산더 그레이엄 벨의 전화기부터 시작해 발전된 기술에 대한 발표 계획서를 냈고, 선생님은 "혁신적인 소통의 형태가 매우 많아도 같은 것을 발표하는 두 팀을 원하지 않는다."라고 했다. 나는 거의 주저앉았다.

"전화기에 대한 프로젝트는 할 수 없어. 선생님이 목요일까지 주제를 다시 정하라고 하셨어."

나는 이안에게 말했다. 하지만 그 소식은 이안에게 그다지 충격적이지 않은 듯했다. 이안과 드류는 연필 끝에 있는 지우개를 뜯어내 책상 위에 놓인 종이로 접은 골대에 넣는 놀이를 했고 여학생들은 철자 연습을 하고 있었다. 이 풍경은 소년과 소녀의 극명한 차이를 보여 주고 있었다. 나 역시 철자 연습을 하고 있었던 것은 아니었지만, 가장 친한 친구에게 치명적인 배신감을 느끼느라 매우 바빴다.

"금요일에 제안서를 제출하다니!"

나는 마르틴손 선생님이 교실에서 나가자마자 클레오에게 소리쳤다.

"미안, 미안."

클레오가 말했다.

"의논이 일찍 끝나서 일찍 냈어. 크게 상관없을 것이라 생각했어."

클레오는 눈을 휘둥그레 뜨고 눈빛으로 무죄를 주장했다.

"네가 토요일에 전화만 다시 해 줬어도 금요일에 제출했다는 사실을 내가 알았을 텐데, 너는 그러지 않았어!"

"엄마가 '디지털 기술에 대한 올바른 이해와 노력'에 대한 강의를 들으러 가라고 했어. 정말 끔찍했지만."

"뭐라고?"

"누구에게도 내 가슴 사진을 보내지 않아야 한다, 뭐 그런 내용의 두 시간짜리 강의였어. 그 사진을 받은 누군가는 그

것을 다른 사람에게 메일로 보내거나 인터넷에 올릴 거래. 그러면 낯설고 소름 끼치는 사람들의 소름 끼치는 반응과 소름 끼치는 연락과 소름 끼치는 소문이 온 사방에 퍼진다는 거지, 그 이유는 엄마가 핸드폰을 사 주었기 때문이고. 결과적으로 자살 방지 상담 전화를 걸게 될 것이라는 그런 소름 끼치는 내용이었어."

이안과 드류는 골대에 지우개 넣기를 멈추고 나와 클레오를 바라보고 있었다. 마르틴손 선생님 역시 근처에 서서 (언제 다시 들어왔는지) 우리를 보고 있었다. 이 교실에서 '가슴'이라고 큰 소리로 말하는 것은 공항에서 '폭탄'이라고 외치는 것과 마찬가지였다.

마르틴손 선생님은 고개를 저으며 다시 발걸음을 옮겼다.

"철자 연습해야지, 애들아."

선생님이 말했다.

"수요일 방과 후에 우리 집에 와."

클레오가 속삭였고, 나는 고개를 끄덕였다. 이안과 내가 아직 주제를 정하지 못했다는 사실은 변함없었지만, 이것으로 알렉산더 그레이엄 벨을 포함한 전화기에 대한 갈등은 끝났다. 이제 이안과 어떻게 주제를 정해야 할지 머리가 아팠다.

화요일 저녁, 엄마에게서 전화가 왔다. 내가 먼저 전화를 받았고 프로젝트 아이디어에 대해 물어볼 생각이었지만 시간이 없었다. 빵 바자회 문제, 핸드폰 요구 사항, 그리고 아빠의 정말 끔찍한 머리카락에 대해 다 말하지도 못했는데 엄마는 국제 전화는 통화 품질이 좋지 않다며 길게 말할 수 없다고 했다. 그러면서 난다와는 우리 집 근처에 새로 생긴 스케이트보드 공원에 대해 10분 동안 통화했다.

아빠는 난다에게 보호 장비를 착용한다면 스케이트보드를 타도 된다고 했다. 그러고 보니 아빠는 항상 스케이트보드를 타고 싶어 했다. 그래서 모든 것이 순조로웠다. 하지만 아빠는 어렸을 때 핸드폰이 전혀 필요하지 않았다. 그래서 전화기는 불필요하다고 여겼다.

나의 억울함에 대해 생각해 주는 사람이 가족 중에 있을까? 없다고 본다. 이성적이고 이유가 있는 결정을 하는 사람은 나밖에 없다. 나는 이 일에 대해 교내 상담사인 굽타 선생님과 이야기를 나누었다. 나는 정확하게 약속 시간인 수요일 2시 10분에 상담실 문을 두드렸다.

"그러니까 가족 모두가 너의 말을 들어주지 않는다고 생각한다는 거지?"

선생님이 물었다.

"정말로 들어주지 않는 거예요. 그렇게 생각하는 것이 아니라요."

비록 내가 굽타 선생님의 상담실에 있었던 것은 이안과의 브레인스토밍을 피하기 위해서였지만, 꽤 유익한 조언을 들었다. 선생님의 말에 따르면 가끔 바쁜 가정에서는 식구들이 더 깊은 대화로 연결되기가 어려울 수 있다고 한다. 굽타 선생님은 나에게 편지를 써 보라고 제안했다. 그렇게 하면 아빠하고 분명하고 정확하게 소통하면서 스스로 생각을 정리할 수 있을 것이라고. 또 선생님은 다른 사람의 말도 귀담아 듣는 것, 공감하는 것 등 다른 몇 가지 조언을 했지만 나는 집중하지 않았다.

"선생님, 여기서 편지를 써도 되나요? 여기 분위기가 정말 좋은 것 같아요. 편하네요."

굽타 선생님은 편지 쓰기를 허락했고, 이야기는 마무리되었다.

아빠!

핸드폰이 꼭 필요해서 이 편지를 써요.

이제 난다를 학교에 데려다주고 집으로 데려오는 일을 제가 하고 있으니 만약의 사태에 대비해 즉시 연락할 수 있는 핸드폰이 필요해요. 언제든지 저와 난다의 안전이 걱정된다면 연락할 수 있을 거예요.

우리 반 친구들 17명 중에 9명은 핸드폰을 가지고 있고, 6명은 열다섯 살이 되기 전에 (확실히) 핸드폰이 생길 것 같아요. 이미 핸드폰을 가지고 있는 9명 중 9명 모두 핸드폰이 자신의 안전을 크게 책임지고 있으며 위험으로부터 보호하고 있다고 말해요. 3명은 표범 무늬 케이스를 씌운 핸드폰을 가지고 있는데 잃어버리지 않기 위해서래요. 보니까 정말 잃어버리지 않을 것 같아요. 아, 물론 저는 그런 케이스 없이도 핸드폰을 절대 잃어버리지 않을 거예요.

정확히 긍정적인 기능이 있는 이 중요한 사안에 대해 진지하게 생각해 주길 바랍니다.

아빠의 사랑스럽고 책임감 있는 딸, 미아 올림

나는 방과 후 클레오네 집에서 간식을 먹을 때 이 편지를 보여 주었다. 간식은 콜리플라워 팝콘이었다. 그것은 분명히 클레오 엄마의 새로운 팔레오 다이어트 식단의 일부였다. 콜리플라워를 아주 작은 조각으로 잘라 소금을 뿌리고 볶은 것이었기 때문이다. 나는 아빠가 팔레오 다이어트에 대한 나의 제안을 받아들이지 않은 것이 너무 다행스럽고 행복했다. 왜냐하면 그것은 팝콘과 전혀 다른 끔찍한 맛이었기 때문이다. 사방이 흐려져서 눈을 가늘게 떠야 사물이 명확하게 보이는 상태가 아니라면 이것을 먹지 않는 게 훨씬 낫다고 생각한다.

"보통 따뜻할 때 먹는 거지, 그렇지?"

"이건 완벽해."

클레오가 말했다. 하지만 그것은 간식이 아닌 내 편지를 보고 하는 말이었다.

"좀 통할 것 같아?"

"당연하지."

또다시 클레오가 눈을 휘둥그렇게 떴다. 내게 클레오 같은 눈이 있었다면 나는 몇 년 전에 핸드폰을 손에 넣었을 것이다.

클레오가 다시 콜리플라워를 냉장고에 넣고, 옷장 아래에서 조금 오래된 추수감사절 사탕을 꺼낸 후에야 우리는 침대 위로 폴짝 뛰어올라갔다.

"콜리플라워만 먹으면서 남은 일생을 살래, 아니면 영원히 자몽주스만 마시면서 살래?"

클레오가 물었다. 클레오와 나는 유독 자몽주스를 싫어한다. 이것은 우리를 생일만 다른 쌍둥이 같은 존재로 만들어 주는 또 다른 근거다.

"아, 둘 다 싫은데."

"무조건 하나만 골라야 한다면? 그게 법이라면?"

"콜리플라워."

"나도."

이번엔 내 차례다.

"1년 동안 겉옷 위에 속옷을 입고 학교에 다닐래, 아니면 평생 머리를 빡빡 밀고 다닐래?"

"어떤 속옷이지?"

클레오가 물었다.

"어떤 것이든."

"브라야, 팬티야?"

클레오는 마치 브라를 착용하는 사람인 듯 물었다.

"스포츠 브라."

"그러면 속옷을 선택하겠어."

"나는 머리를 밀 거야."

내가 대답했다.

"거짓말하지 마!"

"가발을 쓰면 되잖아. 속옷은 어떻게 가릴 수가 없다고."

"가발을 쓰면 안 되지. 그건 속임수잖아."

클레오가 항의했다.

"가발을 쓰면 안 된다고 한 적은 없는데."

"좋아. 그러면! 이안과 뽀뽀할래, 드류와 뽀뽀할래?"

"미쳤어, 우웩!"

나는 토하는 시늉을 했다.

"무조건 골라야만 해. 무조건."

클레오가 말했다. 그리고 눈을 커다랗게 뜨고 나를 뚫어 져라 쳐다보았다. 나는 망설였다. 드류를 선택해서, 그 애가 조금 귀엽기는 하다는 말에 동의해 주어야 할까, 아니면 이 안을 선택해서 드류를 온전히 클레오의 것으로 만들어 주 어야 할까?

"하나를 골라야만 해, 그게 법이야."

클레오가 또다시 강조하며 말했다.

정말 바보 같은 법이 아닐 수 없다.

"뽀뽀한 후에 초강력 구강 청결제를 쓸 수 있어?"

"원하는 만큼!"

"그럼 이안을 선택하겠어."

클레오가 소리를 질렀다.

"그럴 줄 알았어! 정말 완벽해! 너는 이안을 좋아하고, 나 는 드류를 좋아해!"

클레오는 베개를 끌어안고서 침대 위를 방방 뛰었다. 나는 침대 밑을 기어 다니고 싶었다.

"나는 절대 이안을 좋아하지 않아."

나는 단호하게 말했다.

"하지만 네가 선택했는걸. 그리고 이안도 괜찮은 녀석이야. 드류만큼 귀엽지는 않지만, 착하잖아. 너 드류의 눈동자에 밝은 갈색 반점이 있는 거 알고 있었어?"

클레오가 말했다.

"이 쓸데없는 대화를 계속해야 해? 다시 핸드폰 이야기를 하면 안 될까?"

클레오는 갓난아기를 다루듯 내 등을 토닥였고, 이내 다시 속삭였다.

"드류는 정말 귀여운 눈을 가지고 있어."

"아, 진짜!"

나는 베개로 머리를 감싸며 귀를 막았다.

몇 분이 지난 후에야 클레오는 흥분을 가라앉히고 자리를 잡고 앉았다.

"이제 다시 핸드폰 이야기를 할 준비가 되었어."

클레오는 큰 다짐이라도 한 듯이 말했다.

"편지를 주고 나서 아빠한테 어떤 말을 더 해야 하는지 아니? 엄마가 없는 동안 네가 얼마나 난다를 잘 보살피고 있는지에 대해 말해야 해. 왜냐하면 그것은 너의 책임감이 얼마나 강한지를 보여 주고 또⋯⋯."

클레오는 내 얼굴이 사색이 되자 말을 멈추었다.

"너 왜⋯⋯."

"난다! 난다를 데리러 가는 걸 잊었어!"

나는 곧장 침대에서 내려와 계단을 뛰어 내려갔다. 현관에서 신발을 대충 구겨 신으며 뛰쳐나가려고 하는 순간, 클레오의 엄마가 문을 열었다.

"깜짝이야, 미아! 반갑구나!"

"저 지금 가 봐야 해요! 동생을 데리러 가야 하는데 늦었어요!"

말도 안 되는 상황이 벌어졌다. 이미 두 시간이나 늦었다. 심지어 날이 저물고 있었다. 내 머릿속에는 온통 어두워진 학교 계단에 홀로 앉아서 기다리고 있는 난다의 모습으로 가득했다.

"내가 태워다 줄게."

클레오의 엄마가 말했다.

"아니에요, 괜찮아요. 감사해요!"

나는 클레오의 엄마를 빠르게 스쳐 지나가며 거리를 향해 뛰었다. 내 동생이 눈물을 흘리며 혼자 앉아 있는 모습을 클레오의 엄마가 보는 것을 원하지 않았다.

클레오의 집은 난다의 학교와 가까웠기 때문에, 나는 금방 학교 앞에 도착했다. 그런데 학교 계단에 난다는 없었다. '괜찮아, 괜찮아, 괜찮을 거야.' 마음속으로 주문을 외웠다. 그것이 난다를 향한 것인지 나를 위한 것인지 알 수 없었다.

나는 동생을 잃어버렸다. 이 상황을 어떻게 설명해야 할까? 핸드폰을 가질 수 있다는 희망도 모조리 사라지는 기분이었다. 이상한 유괴범이 난다를 데려갔으면 어떡하지? 차창에 선탠이 짙어서 안이 보이지 않는 하얀색 밴에 태워 어디론가 멀리 데리고 가 버렸다면? 매일 오후 이 근처를 골든리트리버와 함께 산책하는 그 멀쩡해 보이는 남자가 사실은 잔인한 흉악범이고, 지하실에 내 동생을 가둔 게 아닐까? 숨을 제대로 쉴 수 없었다. 가슴이 타들어 가는 듯했다. 나는 다시 전속력으로 집을 향해 뛰었다. 집에 불이 켜져 있었다. 난다가 집에 와 있거나, 아빠가 난다와 나를 찾는 중일 것이다. 나는 현관문을 벌컥 열었다.

"난다!"

"안녕."

난다가 거기 있었다. 텔레비전 앞에서 토스트를 먹으며. 화면에는 의사들이 심장 수술을 하는 장면이 나오고 있었다. 산소가 매우 부족했고 토스트에 잔뜩 바른 잼이 화면에 나오는 피와 같은 색임을 알 수 있었다.

시야의 가장자리가 뿌옇고 검은색이었다. 나는 심하게 떨고 있었다. 그제야 몸을 기대고 가슴에 손을 얹은 채 적당한 박자로 숨을 쉬는 데 집중했다. 현기증이 지나가고 내가 고개를 들었을 때에도 난다는 여전히 수술 장면에서 눈을 떼지 못하고 있었다.

나는 난다와 텔레비전 사이에 마주 섰다.

"집까지 어떻게 온 거야?"

"이안 오빠의 엄마가 태워 주셨어."

"누구의 엄마라고?"

"언니 반 이안 오빠 말이야. 그 오빠 동생도 우리 학교에 다니거든. 언니가 안 왔잖아. 그래서 내가 좀 태워 달라고 부탁했어. 이안 오빠도 스케이트보드를 타더라? 알고 있었어? 커서 우주비행사가 되고 싶다고 하더라고."

나는 다시 심장이 거세게 뛰는 것을 느꼈다.

"낯선 사람에게 태워 달라고 하면 안 돼!"

"하지만 언니가 오지 않았잖아. 그리고 이안 오빠네가 낯선 사람은 아니지. 좀 비켜 줄래? 화면을 완전히 가리고 있잖아, 지금."

나는 난다의 의견을 무시하고 텔레비전을 껐다. 그리고 옆

자리에 앉았다.

"진지하게 하는 말이야. 정말 중요한 일이라고. 다른 누군가에게 태워 달라고 부탁하면 안 되는 거야."

난다는 한숨을 쉬었다. 나는 난다보다 더 깊은 한숨을 내쉬었다. 그제야 난다가 나를 똑바로 쳐다보았다.

"이안 오빠는 좋은 사람이야. 이안 오빠 자리 앞에 화면도 있었어. 버튼을 누르니까 천장에서 내려오더라고. 언니는 어디 갔었어? 나를 데리러 왔어야 했잖아."

아까의 충격이 소용돌이치는 폭풍 같았다면 이번에는 마치 전봇대에 쿵 하고 부딪힌 기분이 들었다. 나는 늦은 이유를 설명하기 위해 입을 몇 번 열었다 닫았다. 적당한 이유가 떠오르지 않았다.

"내가 다 망쳤어. 미안해, 정말."

난다는 눈을 동그랗게 뜬 채 더 묻지 않고 고개를 끄덕였다.

"이제 다시 텔레비전 봐도 돼?"

"다시는 다른 사람에게 태워 달라고 하지 않겠다고 약속해 줄래?"

"다시는 나를 잊지 않겠다고 약속해 줄래?"

"좋아."

하지만 또 한 가지 넘어야 할 산이 남아 있었다.

"다른 사람에게 태워 달라고 부탁했다는 사실을 아빠에게 말하지 않으면, 너도 내가 늦었다는 사실을 아빠에게 말하지 않을 수 있어?"

"좋아."

난다가 말했다. 그 순간만은 우리가 같은 행성에 사는 쌍둥이처럼 느껴졌다.

수신 : cleocleobear@gmail.com

발신 : myamyapapaya1@gmail.com

제목 : 아아아아아아악!

아, 난다를 찾았어. 잠재적인 유괴범일지도 모르는 낯선 사람에게 태워 달라고 해서 집에 갔지 뭐야. 다행히도, 그 낯선 사람은 이안의 엄마였어.

그리고 지금 상황은 더 악화되었어. 얘기한 대로 아빠께 편지를 드렸지. 우리가 피자를 먹는 동안 편지를 무표정하게 읽으시더니 그대로 접어 버리시더라. "더 큰 책임감을 보여 줄 수 있을 때, 그리고 그것을 증명해 보였을 때 다시 이야기하자."라며 난다를 쳐다보시더라고.

아, 배신자 난다! 난다가 다 말해 버렸어! 서로 말하지 않기로 약속했는데!

나는 동생에게 처절하게 배신을 당했고 21세기에 합류하려던 나의 희망은 결국 비극적인 최후를 맞이했어. 망가진 내 마음을 간호하느라 병상에 누워 있지 않다면 내일 학교에서 나를 만날 수 있을 거야.

미아가

수신 : p.lwyn@hotmail.com
발신 : myamyapapaya1@gmail.com
제목 : 돌고래 수면법

오늘 학교에서 수족관 자원봉사자들의 특별한 강의를 들었어요. 돌고래는 한 번에 뇌의 절반으로만 숨을 쉬기 때문에, 그동안 나머지 절반으로 수영을 하고 호흡을 유지하고 있다는 사실을 알고 있었어요? 아빠가 요즘 우리와 지내시는 데 어려움을 겪는 것 같아서 돌고래처럼 쉬는 방법을 제안해야겠다고 생각했어요. 어쩌면 할머니도 돌고래처럼 반수면 훈련을 하신다면, 더 빨리 나으실지도 몰라요. 수면 상태에서 뇌가 몸을 회복하라고 말하는 호르몬을 분비한다고 들었거든요.

강의가 오전 시간 중 상당한 부분을 차지하는 바람에, 소통 프로젝트는 오후가 되어서야 진행할 수 있었어요. 만약 제가 세상에서 가장 끔찍한 파트너와 함께하지 않아도 된다면 합리적인 주제에 대한 합의를 거부한다고 해도 흥미로웠을 거예요. 저는 정말 핸드폰에 대해 조사를 하고 싶었는데 클레오와 드류가 먼저 골라서 제출을 해 버렸어요. 이안은 우리가 훨씬 더 독창적인 것을 할 거라 괜찮다고 해요. 하지만 크로마뇽 동굴 벽화를 연구하고 발표할 때 머리에 뼈를 쓰고 있는 그런 행동은 절대 하지 않을 거예요.

우리는 늦어도 내일까지 주제를 정해야만 해요. 프로젝트의 본문을 완성하기 전에 엄마가 집에 온다면 창의적이고 합리적인 주제와 개요에 놀라실 거예요.

사랑을 전하며, 미아 올림

추신 : 혹시라도 저에 대해 어떤, 물건이나 사람을 제자리에 두지 않거나 찾지 못했다는 등의 미흡한 점에 대한 이야기를 들으신다면 모든 상황에는 양면이 있다는 사실을 기억해 주세요. 모든 입장은 완벽하고 타당하게 설명이 가능하답니다. 엄마는 매우 열린 마음과 시각을 가진 사람이라는 점을 잘 알고 있어요!

아빠는 난다에게 스케이트보드를 사 주었다. 아빠의 말에 따르면 스케이드보드만 있으면 난다가 사고를 덜 칠 것이라고 했다. 하지만 이미 나에게는 어마어마한 사고였다.

아빠는 나에게 목요일, 학교 가기 전에 난다를 스케이트 보드 공원에 데려다주라고 했다. 난다는 안전 장비를 착용하고 최소 15분은 걸리는 거리를 걸어서 갔다. 팔꿈치 보호대, 무릎 보호대, 헬멧, 모두 빨간색인 그 장비들은 우리 동네를 지나는 동안 모두 난다의 몸에 묶여 있었다. 나는 난다에게 '일반적인' 사람들은 '일반적으로' 공원에 도착했을 때 '일반적인' 보호대를 찬다고 말해 주었지만, 아침 식사를 할 때에도 착용하고 있었다면서 절대 벗지 않겠다는 의사를 분명히 했다.

내 동생 난다는 너무나 비논리적인 자기만의 세상에 살고 있어서 어떻게 따져야 할지 알 수 없었다. 또한 스케이트보더들이 지퍼가 있는 후드티를 입는다고 확신했다. 불행히도, 난다가 가진 유일한 지퍼형 후드는 위니 이모가 생일 선물로 주었던 것이었다. 그것은 노란색에 후드에는 귀가 달려 있으며, 뒤에는 꼬리가 붙어 있다.

도대체 누가 귀 달린 후드를, 꼬리까지 달린 그 후드를 입고 공공장소를 누빈단 말인가? 빨간색 보호 장비를 착용하고서?

그게 바로 내 동생이었다. 아마도 내가 데려다줄 것을 예상하고, 일부러 내 인생에 흠집을 내기 위해 준비한 것일 테다.

수신 : p.lwyn@hotmail.com

발신 : myamyapapaya1@gmail.com

제목 : 유전자 / 빵 바자회

혹시 난다는 입양한 아이인가요? 그랬을 가능성이 조금도 없나요?

오늘 우리는 사청회에서 주최한 빵 바자회를 열었어요. 방글라데시의 난민 캠프에 갇힌 로힝야 청소년들을 위한 이 바자회에 147달러나 모금이 되었답니다! 리처드 교장 선생님은 우리와 뜻을 같이하기 위해 유니세프에 기부하신다고 해요. 바자회에 내놓은 것들을 보았다면 엄마도 감명을 받고, 나를 많이 칭찬해 주었을 거예요. 클레오의 엄마는 팔레오 다이어트 식단으로 만든 코코넛 초콜릿조각 케이크를 만들어 주셨는데, 걱정과는 달리 정말 맛있었어요.

바클라바, 쇼트브레드, 마시멜로가 들어간 초콜릿, 노르웨이식 사과 케이크, 바나나 빵 등 모두가 다양하고 놀라운 것들을 가지고 왔어요. 정말 성공적이었죠.

저도 디저트 만들기를 두 번이나 시도했는데, 완전히 실패했어요. 시간도 부족했고, 세몰리나 양도 부족했거든요. 결국 아빠가 태워다 주는 길에 오트밀 쿠키를 사 주었어요. 마치 우리가 만든 것처럼 보이게 하려고 종이 접시 위에 올려 두었어요. 정직하지는 않았지만 좋은 의도였다고 생각해요. 그리고 결과적으로 완판이었기 때문에 양심의 가책을 느낄 시간이 없었어요.

로힝야족 청소년들을 만난다면 도움의 손길이 곧 닿을 것이라고 말해 줘요!

토요일 오후에 난다를 스케이트보드 공원에 데려다주는 일은 아빠가 담당했다. 덕분에 텔레비전을 보며 완벽한 나만의 시간을 보낼 수 있었다. 그리고 마침 그때 위니 이모가 미얀마식 볶음국수, 소고기 카레, 속을 채운 고추, 코코넛 쌀밥을 가지고 나타났다. 나는 이모에게 뽀뽀를 할 뻔했다. 이모가 화장을 여러 겹으로 두껍게 하지만 않았다면 정말 뽀뽀를 했을지도 모른다. 그것은 마치 파우더 퍼프에 뽀뽀하는 것과 같았기 때문에, 나는 맛에 감격하는 큰 소리를 내는 것으로 대신했다.

이모가 말했다.

"있잖니…… . 이 음식들을 어떻게 만드는지 너에게 가르쳐 줄까? 퇴근한 아빠에게 네가 만든 이 음식들을 차려 드리면 얼마나 놀라시겠어?"

나는 다른 사람이 내가 만든 음식을 먹는 모습을 보는 것이 두려웠다. 난다는 분명히 트집을 잡으며 불평을 하다가 슈트루델을 찾을 것이고, 나는 그런 동생이 매우 얄미울 게다.

동생의 비웃음을 견뎌야 하는 일을 굳이 할 필요가 있을까?

"아니에요, 이모. 숙제가 너무 많아서 그럴 시간도 없어요."

나는 고개를 저으며 이모에게 말했다. 이모가 믿기지 않는다는 표정을 지었다. 나는 더 상세하게 설명했다.

"학교에서 발표하는 프로젝트가 있어요. 보고서도 작성해야 하고, 자료 준비도 해야 하죠. 발표를 잘하려면 슬라이드 쇼도 만들어야 해요. 제 파트너인 이안은 전혀 도움이 되지 않기 때문에 전체적으로 전부 제가 다 해야만 하는 그런 숙제랍니다."

"그렇구나……."

이모는 나를 뚫어져라 쳐다보며 대답했다.

"엄청난 에너지 소모가 필요한 일이에요."

나는 아빠가 큰 사건을 맡았을 때 하던 말을 따라 했다. 다행히 효과가 있는 듯했다.

저녁 식사 후 아빠가 난다에게 책을 읽어 주고 있을 때, 위니 이모가 맞은편에 앉았다.

"미아, 의논할 것이 있어."

이모는 엄지와 새끼를 제외한 양쪽 손가락마다 긴 여러 개의 반지를 만지작거리다가 멈추고는 두 손을 무릎 위로 포겠다.

"엄마한테서 전화가 왔어. 너에게 대화할 상대가 필요할 거라고 하더구나. 그 어떤 변화에 대해서 말이야."

이모는 나를 요리사로 만들 작정인 것이 틀림없다. 지금보다 더 큰 변화를 어떻게 견딜 수 있을까?

"나는 자식이 없잖니. 그래서 이런 대화를 어떻게 해야 하는지 감이 오질 않더구나."

이모의 볼이 살짝 붉어지는 듯했다.

"그리고 내가 너와 난다를 나이보다 더 어리게 생각한 것 같아. 아직 애기들 같아서 말이지. 그런데 이렇게 네가 자라서 내 눈앞에서 여자가 되어 가네……."

그 단어. 이모가 여자라는 단어를 꺼내자마자 모든 것이 명확해졌다. 이모는 끔찍한 오해를 하고 있다. 나는 이 순간 내가 식사를 끝냈다는 것이 다행스럽게 느껴졌다.

"이모, 그만! 무슨 일이 일어났다고 생각하는 거예요? 아무 일도 일어나지 않았어요!"

벌떡 일어나서 다른 데로 가려고 했지만, 이모가 내 손목을 잡았다.

"그런 변화들은 다 성장의 일부야. 모두가 겪는 일이란다."

이모의 첫 생리를 떠올리는 것은 내 인생을 통틀어 가장 힘든 순간이었다.

"아니라고요!"

나는 결국 큰 소리를 냈다.

"그 모든 게 아빠가 바닥에 떨어져 있는 생리대를 보았기 때문이에요. 그건 내 것이 아니라 난다가 벌인 일이라고요!"

"난다가?"

이모는 정말 충격을 받은 표정이었다.

"엄마의 생리대죠."

이모가 나를 노려보았다.

"난다가, 보호 장비를 찾지 못해서, 그래서…… 축구 정강이 보호대요, 그래서 상자에서 그걸 꺼내 가지고……."

이모는 여전히 이해하지 못하겠다는 표정으로 입술을 앙다물고 파르르 떨기 시작했다. 잠시, 나는 이모가 우는 줄 알았다. 이모는 박장대소하며 아주 큰 소리로 웃었다. 위니 이모가 그렇게 크게 웃는 것은 처음 보았다. 한참 웃은 후에 이모는 식탁 위에 엎드리듯 머리를 대고 있었다. 여전히 어깨가 떨리는 것으로 봐서 이모는 남은 웃음을 해결하고 있었다.

그것으로 우리의 대화는 끝났다. 이모는 간다는 인사도 없이 "생리대라니, 보호대라니!"라는 말을 중얼거리며 웃음을 머금은 채로 집을 나섰다. 말할 때마다 어깨는 움찔거렸다.

수신 : cleocleobear@gmail.com

발신 : myamyapapaya1@gmail.com

제목 : 너의 좋은 아이디어와 마르틴손 선생님의 안 좋은 아이디어

좋아! 내일 사청회 주제는 빈곤한 청소년들에 대한 것으로 하자.
참, 금요일 방과 후에 나를 기다릴 줄 알았는데 갔더라? 목요일
마감일까지 주제를 정하지 않은 팀은 이안과 나뿐이라는 것이 밝
혀지는 바람에, 마르틴손 선생님이 이야기를 하자고 하셨어. 선생
님은 '상형문자'를 제안하셨지만, 이안이 고대 이집트를 연구한다
면 우리가 미라가 되어야 한다고 말했어. 발표할 때 몸에 붕대를 칭
칭 감고 나타나야 한다고. 물론 나는 그 생각에 동의하지 않았지.
선생님은 다시 '채색 필사본'을 제안하셨어. 손으로 쓴 책에서 빛이
반사되는 것 같은 느낌을 주는 그것 말이야. 나는 선생님께 (최대
한 외교적인 어조로) 요즘 적용될 수 없는 것이라고 말씀드렸어. 이
제 우리는 월요일까지 생각을 정리해야 해.

그나저나, 너랑 드류가 함께 학교에서 나가는 것을 내가 본 것 같
기도 하고?

주지사님께

저는 '사회적 정의를 위한 청소년 회의' 모임과, 굶주린 청소년들을 대표하여 이
편지를 쓰게 되었습니다. 많은 곳에 비해 우리나라는 재벌이나 다름없는데, 우

리의 푸드뱅크(식품을 기탁받아 소외계층에 지원하는 단체—옮긴이) 이용자의 3분의 1에 해당하는 사람들이 청소년이라는 사실을 알고 있으신지요? 굶주린 청소년들이 배고프지 않도록 더 나은 정부 정책을 만들어 주세요.

　최근에 저희 엄마가 미얀마에 가셔서(할머니가 아프시거든요. 그러니까 대가족 비상사태랍니다) 아빠가 요리를 맡게 되었어요. 그래서 저는 배가 고픈 상태로 학교를 가는 게 어떤 것인지, 그리고 천연 재료로 만들어지지 않은 블루베리 슈트루델 두 개를 먹고 더부룩한 상태로 지내는 것이 어떤지 직접 경험해 보았습니다. 그로 인해 집중력이 떨어지면 학교 성적이 좋지 않을 것이고, 졸업을 못하게 될 것이고, 일자리를 얻지 못하게 되고, 세금을 내기 힘들 거예요. 그러면 정부 자금이 바닥날지도 모르지요. 주지사님, 청소년들에게 좋은 먹거리를 충분히 주지 않으면 이런 일이 생깁니다.

　그래서 간곡하게 청합니다. 청소년들에게 빨리, 당장, 즉시 진짜 음식을 보내 주세요. 베이컨이나 달걀과 같은 음식 말이에요! (혹시 저처럼 아시아인의 피가 흐르는 사람이라면 밥이나 달걀도 좋아할 겁니다!)

　감사의 인사를 전하며 사회적 정의를 위한 청소년 회의 공동 창업자,
　미아 파슨스 올림

　월요일 저녁, 아빠와 난다가 초밥을 사러 나갔을 때 엄마에게 전화가 왔다. 드디어 온전히 나 혼자 엄마와 통화할 수 있는 시간이 주어진 것이다. 엄마는 놀라울 만한 소통 프로젝

트 주제를 제안해 주었다. 저녁 식사 후, 나는 할애된 30분의 미디어 이용 시간을 모두 자료 조사에 썼다. 그만큼 나는 새로운 주제에 심혈을 기울였다.

이안과 내가 제출 기한을 놓친 것이 오히려 다행으로 느껴졌다. 마르틴손 선생님은 굽타 선생님에게 내가 오후 프로젝트 시간이 아닌 오전에만 상담을 잡을 수 있도록 부탁한 것 같다. 의사와 환자 간의 비밀은 잘 유지되고 있지 않는 듯하다.

이안과 나는 가능한 한 클레오와 드류로부터 멀리 떨어진 창문 바로 아래로 책상을 끌고 갔다. 내 아이디어를 비밀로 하고 싶었던 마음도 있었지만, 클레오와 드류가 같은 의자에 앉아 있었기 때문이기도 했다. 드류가 종이를 흔들리지 않게 잡고 있는 동안 클레오가 스케치를 했다. 둘은 머리를 너무 가까이 맞대고 있어서 한 사람이 내뿜는 숨을 다른 사람이 들이마시고 있을 것으로 보였다. 사실 산소 결핍은 많은 것을 설명해 준다. 이안은 코를 찡긋거리며 클레오와 드류을 응시했다.

"저건 좀……."

"넌더리 나는 장면이지."

나는 단호하게 말했다. 그리고 잠시 바닥에 시선을 둔 채

가만히 있었다. 이안과 같은 생각을 하는 것이 불편하고 이상했기 때문이다.

"아이디어가 있어."

나는 이안에게 종이를 건네며 말했다.

이안은 첫 장을 읽고 말했다.

"핸드폰은 안 된다고 했던 것 같은데……."

나는 엄마에게 들은 번뜩이는 설명을 이안에게 해 주었다.

"핸드폰은 단지 '도구'일 뿐이야. 우리는 '문자 메시지'에 대해 발표할 거야. 문자 자체가 소통의 '형태'고, 핸드폰을 사용할 때 이용되는 것일 뿐이지."

이안은 천장을 응시하며 고민하고 있는 것 같았다. 나는 이안의 턱에 있는 하얀 여드름을 물끄러미 바라보았다. 이안은 분명히 여드름을 터뜨려서는 안 된다는 엄마의 조언을 따르는 거겠지만, 내 생각에 그건 사회 재앙을 일으키는 원인이다. 엄마들은 그런 말의 범위를 피부 관리가 아닌 아이디어를 내놓는 쪽으로 정해야 한다.

이안은 종이를 다시 보았다.

"문자 메시지로 채운 아주 재미있는 슬라이드 쇼를 만들 수 있겠는데……."

"이것에 대해 할 말은 엄청나게 많아. 어떻게 만들어졌고,

발전했고, 이모티콘이 생성되었고, 문자가 사람의 뇌를 변하게 만든 것에 대해서도 말할 수 있지."

"정말 그렇대?"

살짝 당황했지만, 나는 바로 대답했다.

"철저하게 조사해 봐야지."

그때 마르틴손 선생님이 (언제 다가오셨는지 인기척도 없이) 갑자기 우리를 내려다보았다. 언제부터 보고 있었는지도 모르겠다. 이런 방법도 선생님이 대학 시절에 교육학에서 배운 것일까?

"문자 메시지라……."

선생님이 말했다.

"핸드폰과는 엄연히 다른 주제예요."

내가 말했다.

"과학자들은 문자 메시지가 신경학적인 영향을 미칠 수 있다고 말해요."

이안이 거들었다. 그 순간 마르틴손 선생님과 내가 똑같이 이안이 '신경학적인'이라는 말을 할 수 있다는 것에 놀란 것 같다. 여드름만 아니었다면, 이안을 껴안았을지도 모른다.

"그래서 이 프로젝트가 좋은 기회인 겁니다. 우리에게 큰 도전이 될 거예요."

마르틴손 선생님은 "우선 몇 가지 아이디어를 써서 제출해 보렴."이라고 말했다. 그리고 선생님은 '해리포터' 스타일로 서서히 마법처럼 사라졌다. 그것은 우리가 이겼다는 것을 의미했다. 또 우리가 문자 메시지를 주제로 확실히 발표할 것이라는 것도. 핸드폰과 비슷하지만 훨씬 더 멋지다는 것이 큰 차이점이다.

프로젝트 시간이 끝나 갈 때쯤, 이안은 만화책에서 나오는 레이아웃을 그렸고, 어떻게 그래픽과 슬라이드 쇼와 유인물을 사용할 것인지 설명하기 시작했다. 이안은 각자 담당할 부분을 분배하려고 했다.

"너무 많이 쓰지 않아도 돼."

내가 말했다.

"너무 길어지려나?"

이안이 걱정되는 말투로 말했다.

"그게 아니라, 내가 글을 쓰기 시작하면 네가 같은 것을 할 필요는 없다는 뜻이야. 결국 같은 일을 두 번 하는 것이 될 거라는 거지."

이안은 잘 모르겠다는 표정을 지었다.

"내가 생각했던 것과는 다른 방향인데."

이안이 계속 중얼거리는 동안, 나는 다시 생각해 보기 시작했다. 클레오의 핸드폰에 대해 생각하기 시작했고, 거기서 생각이 또 멈추었다.

"뭔가…… 말풍선이나…… 아니면……."

그때 이안이 내 인생을 바꿀 수도 있는 세 개의 단어를 덧붙였다.

"다양한 갈래의 전략."

멋진 생각이었다. 흥분한 나머지 나는 큰 소리로 대꾸했다.

"다양한, 갈래의, 전략? 오우, 대단한데! 너무 좋은데!"

고개를 든 이안은 눈이 휘둥그레지고 얼굴은 빨개졌다. 나는 굳이 계속되는 이안의 수다스러운 계획을 귀담아듣지 않겠다고 말하지 않았고, 만화풍의 슬라이드 쇼에 대해 떠들기 시작한 후에는 이안의 말을 놓쳐 버렸다. 그 대신 나는 이안의 접근 방식, 즉 '다양한 갈래의 전략'을 어떻게 내 휴대폰 문제에 적용시킬 수 있을지에 대해 생각했다. 그것은 정확히 내게 필요한 계획이었다.

수신 : cleocleobear@gmail.com
발신 : myamyapapaya1@gmail.com
제목 : 색깔에 대한 조언

너의 메시지를 들었는데 너무 늦어서 다시 전화할 수 없었어. 필요한 시기에 내가 곁에 없어서 미안해. 너무 늦지 않았다면 메인 디스플레이에는 청록색 종이를, 강조하는 색상은 노란색을 사용하는 게 좋을 것 같아. 정말 멋질 거야!

또, 나는 내가 핸드폰이 필요하다고 부모님을 설득할 수 있는 완벽한 방법을 찾았어. 다양한 갈래의 전략. 전화해, 빨리!

엄마는 열 살부터 열일곱 살까지의 십 대가 제대로 발전하고 다양한 갈래의 전략을 만들려면 매일 9시간씩 단잠을 자야 한다고 했다. 나는 청소년 수면 시간에 대한 정보를 찾아보았다. 엄마 말이 맞았다. 잠을 많이 자는 청소년들의 아이큐가 더 높다.

이 모든 것은 기본적으로 내 동생 난다 때문에 내가 핸드폰을 얻을 수 있는 기회를, 내 미래의 대학 생활과 내 인생 전반을 망치고 있다는 것을 의미했다. 지난주에도 난다는 두 번이나 악몽을 꾸었다며 나를 깨웠고, 이번에는 침대 위에 꼿꼿이 앉아 "물."이라고 말했다.

"뭐라고?"

나는 난다가 잠꼬대를 하고 있다는 것을 깨닫지 못한 탓에 물었다.

"물을 어떻게 해야 하지?"

"좀 가져다줄까?"

다시 잠을 잘 수 있다면, 무엇인들 못할까. 주방까지 걸어가 물을 가져다줄 수도 있다. 난다 혼자서 충분히 할 수 있는 일이지만 말이다.

"아니! 그쪽으로 가지 마, 너무 깊어!"

난다는 겁먹은 표정으로 두리번거렸다. 마치 악어가 득실거리는 강 한복판에 떠 있는 침대 위에 누운 것처럼. 그제야 나는 알았다. 난다는 잠꼬대를 하고 있었다!

"난다, 진정해. 여기에 물은 없어."

나의 말에도 난다는 헉헉거리기 시작했고, 울면서 엄마를 불러 댔으며, 알 수 없는 물의 정체에 대해 중얼중얼 떠들기 시작했다.

"난다! 다시 잠들면 내가 물을 없애 줄게. 아침까지는 모조리 없어질 거야. 약속해."

그제야 난다는 베개 위로 풀썩 떨어지듯 누웠다. 약 5초 후에, 난다는 코를 골기 시작했다. 멀리서 아빠가 코를 고는 소리도 들려왔다. 이것은 적절한 양육이 아니다. 나의 뇌 발달에도 치명적이다. 나는 아이큐가 조금씩 깎이는 기분을 느끼며 침대에 누웠다.

목요일 오후에 나는 다양한 갈래의 전략에 대한 작업을 시작했다. 아빠가 들어왔을 때 부엌 식탁에서 브레인스토밍을 하고 있었다. 나는 서둘러 종이를 뒤집었다. 아빠가 집에 도착한 소리를 듣지 못했고, 내 계획을 밝힐 준비가 되어 있지 않았다.

아빠는 내 맞은편 의자에 털썩 앉아 머리를 뒤로 젖힌 채 눈을 감았다. 머리는 비에 젖어 있었고, 얼굴은 창백해 보였다.

"아빠, 내가 보기에 아빠는 저혈당이야. 뭐라도 먹어요. 저녁으로 뭘 먹을까요?"

나는 걱정스러운 말투로 말했다. 아빠는 신음과 투덜거림의 중간 정도인 소리를 냈다.

"오늘 건강 수업 시간에 마르틴손 선생님이 뭐라고 하신 줄 알아요? 가족과 저녁 식사를 하지 않은 십 대들은 술과 마약을 하고 사이버 폭행을 당할 확률이 네 배나 높다고 해요."

아빠는 끙끙 소리를 냈다.

"서둘러서 먹어야 한단 말이에요. 난다가 한 시간 안에 축구를 하러 가야 해요."

아빠는 확실한 신음 소리를 냈다.

빠른 속도로 라면을 먹고 아빠와 난다는 축구를 하기 위해 밖으로 뛰쳐나갔다. 그동안 나는 텔레비전을 켜고 〈스타와 함께 춤을〉 프로그램을 보면서 전략을 짰다. 핸드폰에 대한 아빠의 주된 주장은 너무 비싸고, 잃어버리거나 부적절하게 사용할 수 있고, 위성 신호가 나의 뇌를 어지럽힐 수 있다는 것이었다.

가짜 핸드폰을 만들어서 일주일 동안 들고 다닌 후에 잃어버리지 않는 사람이라는 것을 증명해 보일까? 하지만 학교에서 누군가가 종이나 박스로 만든 핸드폰을 진짜처럼 들고 다니는 모습을 본다면, 나는 놀림감이 되고 말 것이다.

결론을 내리기 전에 아빠와 난다가 도착했다. 두 사람은 마치 진흙탕에서 한 시간 반 동안 뒹굴다 온 몰골이었다.

"옷을 갈아입고 바로 여기로 와. 가족회의를 할 거야."

아빠가 난다를 향해 말했다. 난다는 계단을 오르기 전에 점퍼와 양말, 정강이 보호대를 벗어 던졌다. 아빠는 난다가 집어던진 것들을 보면서 다시 소리쳤다.

"가족회의를 해야 해. 절실해."

"무슨 일 있었어요?"

내가 물었다.

아빠는 난다의 옷 더미를 들고 터벅, 터벅, 터벅, 계단을 올라갔다.

나는 부엌으로 가서 팝콘을 꺼내 전자레인지에 넣었다. 회의를 제대로 하려면 간식이 있어야 한다. 나는 간식을 준비할 만큼 책임감 있고 신뢰할 수 있는 기획자다.

세 식구가 거실에 앉았다. 난다는 마치 처음 먹어 보는 사람처럼 팝콘을 입안 가득 채워 넣었고, 아빠는 목청을 가다듬었다.

"오늘따라 이상한 소리를 많이 내시네요. 남자들은 다 그런 것 같아. 점심시간에 드류와 이안은 말할 때마다 트림 소리를 내기로 결심했다고 하더라고요."

내가 말했다. 아빠는 껄껄 웃었다.

"나도 옛날엔 그랬지."

난다 역시 트림 소리를 냈다. 그리고 "그으으래서어 오오늘 회의이이이는 무우우엇?"이라고 물었다. 나는 난다의 벌어진 입 사이로 보이는 반쯤 씹은 팝콘들을 힐끗 보았다가 얼른 고개를 돌렸다.

"집아아아안일에 대해서야."

아빠도 트림을 하며 말했다.

"아, 정말 둘 다 너무해!"

이상적이고 정상적인 가족회의 시간은 이미 물거품이 되었다. 모든 것이 내가 드류와 이안에 대해 언급했기 때문에 일어난 일이다. 전문가들이 말하는 가족회의의 이점은 틀렸을 수도 있다.

"집안일이라고 하셨어요?"

난다가 코를 찡긋거렸다. 그리고 갈아 신은 양말 한쪽을 벗더니 허리를 굽혀 발가락을 쳐다보았다.

"발가락 하나가 아파."

"엄마와 통화를 했어. 할머니가 좋아지고 있는 건 맞는데, 예상만큼 빠른 속도로 회복되고 있지는 않아."

아빠는 팔짱을 끼고 훨씬 더 심각한 표정을 지으면서 진지하게 말했다.

"그게 무슨 뜻이에요?"

"의사들은 할머니가 2차 감염이 되었다고 생각하고 있어. 항생제를 더 써야 하는 모양이야. 그게 잘 듣는다면, 엄마는 집에 올 수 있을 거야. 하지만 그런다고 해도 최소 일주일은 더 걸릴 것 같아. 그리고 그게 최고의 시나리오야."

"또 한 주라니! 벌써 60억 주나 지나갔는데!"

"4주 반이지, 정확히는."

아빠가 대답했다.

"내 발가락도 감염이 된 것 같아요."

난다가 말했다.

"그럼 최악의 시나리오는요?"

내가 물었다.

"절단 수술?"

난다가 말했지만, 나와 아빠는 동시에 무시했다.

"모두가 최선을 다하고 있어."

아빠가 대답했다.

내 갈비뼈 사이를 찌르던 '엄마가 그리워서 만들어진 단검'이 있었는데, 엄마와 더 떨어져 있으면 세상이 무너지는 일이 일어날 것 같았다.

"타 버린 브로콜리와 슈트루델을 계속해서 먹을 수도 없고, 더러운 옷을 입기도 싫고, 방과 후에 난다를 데리고 오는 일을 영원히 할 수는 없어요!"

나는 항의했다.

"글쎄, 나도 브로콜리를 계속 요리하고, 너희들 옷을 빨고, 그렇게 나 혼자서 너희 둘을 돌볼 수는 없어. 다음 주에 재판이 있어."

아빠가 트림을 할 때보다 더 드류나 이안처럼 들리는 목소리로 말했다. 아악. 아빠는 재판이 있어 법정에 가야 할 때마다 눈썹 사이에 깊은 협곡을 만든 채로 저녁 내내 서류 더미에 파묻혀 있었다.

"벼룩시장에 우리를 팔 거예요?"

내가 물었다.

"고아 두 명, 10달러, 아니면 경매?"

난다가 코를 훌쩍이며 팝콘 그릇에 코를 박았다. 아빠와 나는 난다를 노려보았다.

"난다! 정말 지저분하구나!"

아빠는 난다를 끌어당겨 무릎 위에 앉힌 다음 아기를 대하듯 중얼거리기 시작했다. 나는 한숨을 쉬며 난다의 발가락을 보기 위해 일어났다. 가운데 발가락 끝이 빨갛고 한쪽에는 고름이 차 있었다.

"내성발톱이네."

"알아! 하지만 엄마만이 치료할 수 있단 말이야!"

난다가 말했다. 그때 나는 통찰력(마르틴손 선생님의 수업 시간에 철자 시험 문제로 나왔던 단어)이 생겼다. 이것이 내가 깨달은 바다. 가족들은 발톱과 많은 점에서 비슷하다. 대부분 가족들은 각자의 자리에서 해야 할 일을 하고 있다. 하지만 이따금씩 위기가 찾아온다.

아빠에게 딱 붙어 칭얼거리는 난다를 보면서, 나는 난다의 문제시된 발톱보다 더 큰 문제가 있는 발톱을 보고 있음을 알았다. 우리 가족은 뿔뿔이 흩어지고 있었다. 만약 우리가 이 모든 음식, 옷, 일정 문제에 대해 제대로 파악하지 못한다면, 우리는 더 큰 고름을 만들 것이다.

불행히도 내가 생각한 새롭고 다양한 갈래의 전략을 말하기도 전에, 우리의 상황을 해결할 전략을 짜기도 전에, 아빠는 계획을 세웠다고 발표했다. 그리고 난다를 내려놓고 주머니에서 노트를 꺼냈다. 노트를!

"장보기는 내가 담당할게."

아빠가 말했다.

"제가 장보기 리스트를 만들어 볼게요."

나는 황급히 제안했다. 더 이상의 브로콜리도, 바나나도 포함되어서는 안 된다. 아빠가 말을 이어 갔다.

"난다, 너는 공식적으로 빨래 담당이야. 매일 학교 가기 전에 한 번, 방과 후에 한 번 세탁기를 돌리도록 해. 마른 옷을 소파에 올려 두면, 개는 것은 돕도록 하마."

"수당을 받나요?"

난다가 물었다. 수당이라는 단어를 알다니.

"아니."

아빠가 단호하게 말했다. 그리고 난다의 칭얼거리는 소리를 무시한 채 나를 응시했다.

"미아, 난다를 데려다주고 데리고 올, 전적으로 믿을 수 있는 사람이 필요해. 난다가 수요일에는 스케이트보드를, 목요일에는 축구를 할 수 있게 오가는 길에 동행해 줘."

"알겠어요."

이것이 내게 주어진 유일한 일이라면! 나는 회의가 끝난 후 혼자 방에 들어가서 춤을 추는 내 모습을 상상했다. 하지만 아빠는 바닥에 흩뿌려지는 팝콘 조각들처럼 나의 기대를 산산조각 내 버렸다.

"그리고 위니 이모에게 전화를 할 거야. 지난번에 이모가 네게 요리를 가르쳐 줄 수 있다고 하시더구나. 다음 주부터 방과 후 주 1회 이모에게 요리 수업을 받도록 해."

아빠의 말은 내성발톱 때문에 생긴 고름을 세게 짜 버리는 것처럼 끔찍했다. 정확히 그런 기분이었다.

"아빠, 나는……."

나는 주저하지 않고 말을 꺼냈다. 하지만 아빠가 말을 잘랐다.

"매일 완벽한 식사를 준비할 수는 없어. 당연한 거야. 하지만 이모와 함께 연습해서 몇 가지의 간단한 요리를 만들어 준다면, 우리는 기쁘게 먹을 거야."

"아빠, 내가……."

"미아, 우리 모두가 노력해야 해."

"하지만 내가 다른 노력을 하고 싶다면? 화장실 청소나 굴뚝 청소 같은 것 말이에요."

"화장실 청소도 나쁘지 않은 생각이야. 위니 이모가 하루 정도는 청소를 도와준다고 했으니, 그때 네가 화장실을 담당하는 것도 좋겠다."

"뭐라고요? 아빠, 그건!"

"난다, 너는 문 앞을 쓸고 축구복은 벗어서 빨래 통에 넣고 신발을 정리하렴."

내가 "엄청나게 억울하고 부당하다."라고 하기 전에 아빠가 난다를 향해 빠르게 말했다. 그리고서 아빠는 세상의 모든 문제를 방금 손쉽게 해결한 듯 손바닥을 탁 치면서 난다와 나에게 자라고 했다.

"그리고 난다, 네 발톱은 괜찮아. 하루 이틀 지나면 알아서 나을 거야."

그 말은 나에게 아무 도움이 되지 않았다.

"아야, 아야, 아야."

난다는 계단을 밟을 때마다 소리를 질렀다.

"엄살 피우지 마."

나는 화가 난 목소리로 난다에게 말했다.

"진짜 아프단 말이야!"

"발톱을 깎아 줄 테니까, 따뜻한 물로 씻고 자."

"어떻게 하는 줄 알아?"

난다는 내가 마치 수술 전문 의사라도 되는 듯 바라보았다. 아빠의 끔찍한 집안일 계획표에서 잠시 벗어날 수 있게 해 주는, 나를 신뢰하고 우러러보는 기분 좋은 눈빛으로.

"자, 그 발가락 하나 제대로 고쳐 봅시다."

비록 내가 훌륭한 위생 관념을 가지고 있지만, 나에게도 내성발톱이 생길 가능성이 있다. 그리고 나는 엄마가 내성발톱을 어떻게 자르고 해결했는지 정확하게 알고 있었다.

나는 난다의 아주 작은 삼각형 모양으로 파고든 발톱을 살짝 들어 자르고 다시 곧게 자랄 수 있도록 처리해 주었다. 발을 씻고 오면 연고를 바르고 밴드를 붙여 주기로 했다. 내가 씻을 물까지 받아 주었더니 난다는 진심으로 고마워했다.

그 일이 있은 후 나는 모든 요리 고문을 생각하며 침대에 누웠다. 좋은 점이라고는 딱 한 가지(정말 좋은 점인지 살짝 헷갈리지만)만 떠올랐다. 클레오와 나는 한동안 사청회의 토론 주제를 찾을 필요가 없을 것이다. 우리 집에는 너무 많은 청소년 노동이 기다리고 있을 것이기 때문이다.

수신 : cleocleobear@gmail.com
발신 : myamyapapaya1@gmail.com
제목 : 엄청난 아이디어

내일 사청회 회의를 기획해주어서 고마워! 물론 나에게도 몇 가지 아이디어가 있지만, 앞으로의 몇 주를 위해 아껴 둘게. 우리는 반드시 이란의 상황에 대해 생각해 보아야 해.

어떻게 알게 된 거야? 이란에서 그런 작가 탄압 사건들이 일어나고 있다는 사실을 알고 너무 화가 났어. 사람에게 돌을 던지면 안 된다는 글을 썼다는 이유만으로 여성 작가를 감옥에 넣어 버리다니. 돌을 던져 사람을 죽이면 안 된다는 것은 너무 당연한 건데 말이야. 20세기에서나 일어날 법한 일 아니야? 네가 보내 준 링크도 열어 보았어. 그 작가는 심지어 그 글을 발표하지도 않았더라. 경찰이 노트북에서 발견했을 뿐.

그 작가의 이름을 정확히 어떻게 발음해야 하는지 알아봐 줘. 부탁해!

수신 : p.lwyn@hotmail.com
발신 : myamyapapaya1@gmail.com
제목 : 모든 것이 통제되고 있어요

사랑하는 엄마,
우리는 엄마를 미친 듯이 그리워하고 있어요. 특히 난다가 아빠의 형광펜을 아빠의 바지와 내가 제일 좋아하는 스웨터와 함께 세탁기에 넣어 돌리는 바람에 다 망가져 버린 이후로 더욱 그래요.

아빠로부터 엄마가 할머니와 조금 더 같이 있어야 한다는 소식을 들었어요. 우리 걱정은 하지 말아요. 제가 모든 것을 잘 통제하고 있어요. 함선의 선장이 되었거든요. 엄마가 집에 올 때쯤이면 모든 것이 너무 순조롭게 흘러가고 있어서 서운할지도 몰라요. 그래서 엄마는 예전의 가족생활로 돌아가고 싶을 테지요. 하지만 그래도 당분간 화장실 청소와 같은 우리의 새로운 책임 몇 가지는 남겨 주셔도 좋아요. 그러니까 조금도 걱정하지 마세요. 내가 알아서 잘할게요.

그런데 엄마가 없는 동안 엄마의 찬장에 제가 제물을 올려야 했었나요? 부처님이 굶어 죽는 것은 원하지 않거든요. 엄마도 그렇죠? 진작 여쭤볼 걸 그랬나 봐요. 슈트루델은 신성모독인 것 같아서 올리지 않았어요.

그리고 내가 오랫동안 열지 않았던 서랍에서 밥솥 사용 설명서를 찾았어요! 그래서 어제 실제로 밥을 했어요. 꽤 훌륭하죠? 이제 우리는 슈트루델 대신 밥을 먹을 수 있게 되었어요. 나는 부처님이 난다를 제외한 모든 보통 사람이 밥 먹는 것을 더 좋아한다고 확신해요.

엄마는 (1)제물을 올릴 때 기도를 하나요? 아니면 (2)그냥 올려 두기만 하나요? 대답이 (1)번이라면 내키는 대로 하고 싶은 말을 하나요? 그냥 궁금해서요.

사랑을 담아, 미아 올림

추신 : 엄마와 할머니가 아빠의 머리 스타일이 너무 창피해서 먼 곳에 있는 거라면 아빠가 이발을 했다는 기쁜 소식을 전하니 걱정 마세요. 이발소에서 12달러를 주고 급하게 자른 머리지만, 그리고 그다지 멋있어 보이지는 않지만, 다시 돌아와서 반가워할 만큼은 되니까 망설이지 말고 돌아와요.

세상을 구하는
비밀의 문자 메시지

■

   어제 우리의 사청회 모임에 에밀리아라는 여학생이 왔다. 클레오와 내가 모두에게 이란에 수감되어 있는 작가들에 대해 이야기를 나누자 에밀리아는 입을 다물지 못한 채 우리를 응시했다. 그리고 글을 쓸 시간이 되자, 에밀리아는 두 통의 편지를 완벽하게 써냈다.

   "모임에 다시 나올 거야? 우리는 매주 한 번씩 회의해."

   회의가 끝나자마자 나는 에밀리아에게 물었다.

   "내가 모임 회비를 낼 수 있을지 엄마께 여쭤 봐야 해."

   에밀리아가 말했다.

   "무료야."

   "무료야?"

   드류가 되물었고, 클레오가 드류를 툭 쳤다. 적절한 타이밍에 훌륭한 반응이었다.

   "친구를 데리고 와도 돼."

   "정말?"

   하루 중 최고의 순간이었다. 세상을 바꾸는 어떤 일을 한다는 것은, 작은 일일지라도 매우 신나는 경험이다.

화요일 아침 학교에 도착했을 때, 클레오가 이어폰을 끼고 다리를 흔들며 복도에 있는 책상 위에 앉아 있었다. 밝은 분홍색 티셔츠를 입고 있어서 나는 클레오의 가슴이 봉긋하게 솟아 있다는 것을 알아챘다. 큰 가슴은 아니었지만, 뭔가 달랐다.

클레오에게 가까이 다가갔을 때였다. 조조가 나타나서 클레오의 이어폰을 빼면서 말했다.

"문자 메시지 받았어. 그게 오늘일 것 같아?"

조조가 물었다. 클레오는 얼굴에 한껏 미소를 띠며 어깨를 으쓱했다.

"아마도?"

조조와 클레오는 서로의 손을 잡고 꽥꽥거렸다.

"오늘 뭐?"

나는 둘에게 가까이 가서 물었다. 조조는 그것이 중대한 비밀이라도 되는 듯 입을 앙다물었다. 가슴이 나온 사람들끼리만 하는 말인가 싶었다.

나는 조조를 좋아했다. 6학년 초에, 우리는 수질 오염에 대한 프로젝트를 함께 했다. 나무 물고기를 만들어 색칠하고 놀이터 배수구 위의 울타리에 연결해서 화학 물질들이 흘러서 바다로 바로 간다는 사실을 모두에게 상기시켰다. 우리는 그 프로젝트에서 A+를 받았고 교장선생님은 우리가 얼마나 열심히 그리고 잘했는지 부모님께 알리기 위해 성적표 하단에 특별한 메모를 쓰기까지 했다.

올해 들어 우리는 그렇게 자주 어울리지 않았다. 조조는 여름 동안 생리를 시작했고(학교에 오자마자 그것에 대해 자세하게 설명해 주었다), 여름 캠프에서 남자친구를 사귀었는데(이것 역시 자세하게 설명해 주었다) 그 이후로 뭔가가 좀 달라졌다.

종이 울리자 우리를 포함해 모두가 교실로 향했다. 교실로 들어가려는 찰나에 클레오가 내 팔을 잡고 나를 바짝 끌어당긴 후에 귓속말로 말했다.

"드류가 내게 뽀뽀할 것 같아."

"으으윽."

나는 자동으로 튀어나오는 신음 소리를 냈다. 그러자 클레오와 조조가 동시에 웃음을 터뜨렸다. 클레오가 진심으로 드류와 뽀뽀하기를 원한다는 사실을 깨달은 나는 조조처럼 조금 더 긍정적인 반응을 해 주었어야 했나 싶었지만, 두 번째 종이 울렸고 선생님이 모두 자리에 앉으라고 외쳤다.

카푸어 선생님의 수학 시간 동안 나는 드류를 자꾸 쳐다보게 되었다. 특히 드류의 코를 응시했다. 드류의 코는 유독 컸다. 클레오의 코는 크지 않지만 그렇다고 아주 작지도 않았다. 서로 코를 부딪히지 않고 어떻게 뽀뽀를 하려는 걸까?

물론 키스하는 사람들을 본 적은 많다. 영화 속의 연인이나 부모님도 키스를 하기 때문이다. 비록 난다와 나는 뽀뽀를 하지 않으려고 애쓰지만 말이다. 그런데 갑자기 뽀뽀의 역학을 알 수가 없었다. 각자 다른 방향으로 고개를 기울여야 한다. 한 사람이 한 방향으로 고개를 기울이고, 다른 한 사람이 같은 방향으로 고개를 기울이면 어떻게 될까? 뽀뽀하는 사람들은 어떻게 그 방향과 각도를 미리 협상해서 부딪히지 않게 하는 걸까? 매우 복잡한 문제 같았다.

"미아, 목에 문제가 있니?"

카푸어 선생님이 물었고, 그제야 나는 내가 머리를 한쪽으로 돌려 드류에게 시선을 계속 두고 있었다는 사실을 깨달았다.

"아니에요."

순간적으로 얼굴이 달아오르는 것을 느꼈지만, 아무도 내 목이 삐뚤어져 있는 이유를 모르는 듯했다.

점심시간이 되었고, 나는 클레오가 드류 옆에 앉아 낭만적인 식사를 시작하기 전에 클레오를 낚아채듯 잡아당겨 여자 화장실로 끌고 갔다. 그리고 다른 사람이 없는지 칸마다 확인을 했다.

"뽀뽀에 대해서 말이야. 어떻게 내가 알기도 전에 조조가 먼저 알 수가 있어?"

내가 물었다. 클레오는 말없이 작은 손가방을 열어(언제부터 손가방을 들고 다녔지?) 더 작은 세면도구가 들어 있는 파우치를 꺼냈다. 그리고 양치질을 하기 시작했다. 점심을 먹기도 전에 말이다. 마치 드류가 언제라도 뛰어와 뽀뽀를 할 것처럼 설레는 표정으로. 나는 친구가 외계인에게 납치되어 칫솔이나 튀어나온 가슴, 또는 조조의 문자 메시지로 둔갑하기라도 한 듯 클레오를 노려보았다.

"그거슬 큰 소리로 광고라도 하드시 마랄 수는 어써써."

클레오가 거품을 가득 문 채 말했다. 치약을 뱉으며 클레오는 나를 바라보았다.

"우리 엄마가 통화하는 것을 듣기라도 한다면? 어제 거의 그럴 뻔했단 말이야. 누구에게라도 말하고 싶어서 미칠 것 같았어. 너무 설레었거든."

"이메일을 썼어도 됐잖아?"

"이메일은 비밀이 보장되지 않아! 너희 아빠가 화면을 보기라도 하면 어떡해?"

클레오가 말했다.

"조조의 엄마가 네 문자 메시지를 볼 수도 있잖아."

"나는 조조의 엄마를 전혀 모르는걸."

그 논리에는 결함이 있을 수밖에 없었다. 하지만 더 중요한 것은!

"무슨 뜻이야, 어제 그런 일이 일어날 뻔했다는 거야?"

나는 뒤늦게 충격을 받아서 물었다. 그 순간 한 무리의 여학생들이 화장실로 쏟아져 들어왔다. 학생들 중 한 명이 머리에 풍선껌을 붙인 채로 비명을 지르고 있었다. 학생들은 껌을 닦아 내려고 했고, 나는 그러지 못하게 막았다. 만약 학생들 중에 한 명이라도 나처럼 여동생이 있었다면, 이런 위기에 어떻게 대처해야 하는지 알았을 것이다. 나는 "땅콩버터나 식물성 기름을 이용해서 떼어 내야 해."라고 말했다.

"땅콩버터를 학교에 가지고 오는 사람은 아무도 없어!"

껌을 머리카락에 붙이고 있는 여학생이 울며 외쳤다.

"식당에 가서 요리 시간에 사용하는 도구가 들어 있는 찬장을 살펴봐. 식물성 기름이 있을 거야."

여학생들은 마치 내가 화장실에 배정된 천사라도 되는 듯 반짝거리는 눈으로 쳐다보았다.

언젠가 나는 위기관리를 맡을 것 같다. 허풍을 떠는 것이 아니라, 위기 상황에서 나는 멋있게 대처할 줄 안다.

내가 학생들을 화장실에서 모두 쫓아냈을 때, 안타깝게도 클레오는 양치질을 끝마쳐 버렸다. 나는 클레오를 따라 문밖으로 나와 구내식당 쪽으로 서둘러 가야만 했다. 내가 쟁반을 들고 앉았을 때, 클레오는 건포도를 허공에 던지고 드류는 입으로 건포도를 받아먹으려 하고 있었다. 그 순간 드류의 입은 평소보다 훨씬 덜 매력적으로 보였다. 코 문제가 해결되었다고 해도 절대 뽀뽀하고 싶지 않은 모습이었다.

코 얘기가 나와서 하는 말인데, 나는 책에서 베개에 대고 키스 연습을 하는 사람들에 대한 이야기를 읽은 적이 있다. 난다가 콧물을 닦고 코를 골기 시작한 그날 밤, 비밀 일기 쓰기용 전등을 켜기 전에 나는 키스 연습을 해 보았다. 하지만 아무런 도움이 되지 않았다. 우선, 내 베개에는 코가 없었다. 또 베개는 너무 말랑말랑하고 흐물흐물했다. 아마 책 속의 주인공들은 나보다 더 딱딱한 베개를 가지고 있었을 것이다.

위니 이모는 주말까지 첫 요리 레슨을 해 주러 올 시간이 없었고, 나는 밥과 스크램블 에그만으로 끼니를 해결할 수 없는 지경에 이르렀다. 비타민 결핍으로 인한 괴혈병에 걸린 것 같았다. 아니면 구루병이거나 나병일 수도 있다.

수요일 저녁, 아빠는 큰 재판 준비 때문에 7시가 다 되어서야 집에 도착했다. 그 무렵까지 나와 난다는 각각 시리얼 두 그릇과 블루베리 슈트루델 하나씩을 먹었다. 그래서인지 속이 더부룩했다. 스크램블 에그를 보자 더욱 메스꺼웠다.

"로스쿨에 다닐 때 밤마다 이걸 먹었던 기억이 나. 나는 이게 정말 좋았어."

아빠는 내 접시에 덜 익은 스크램블 에그 한 주걱을 올려놓으며 말했다. 토할 것 같았다.

"병아리의 뇌처럼 생겼어!"

난다도 더 먹지 않기로 결심한 듯했다.

"그럼 뭘 원하니?"

아빠가 이마에 손가락을 갖다 대며 말했다. 탄수화물 과다. 탄수화물이 아빠를 괴롭히고 있음을 알아차렸다!

"피자!"

난다가 대답했다.

"피자는 없어."

"그럼 차라리 슈트루델을 하나 더 먹을래요."

아빠는 난다에게 슈트루델을 하나 더 주었다. 엄마라면 절대로, 무슨 일이 있어도 그러지 않았을 것이다. 왜 엄마가 그런 것들을 사지도 않는지 이해가 되었다.

아빠는 나에게도 한 번 더 물어보았지만 정말로 속이 좋지 않아 식사를 거부하고 방에 들어갔다.

침대에 누워 잠깐 천장을 바라보다가 문득 내가 다양한 갈래의 전략을 세우고 있었다는 사실이 떠올랐다. 핸드폰을 갖기 위한 그 전략 말이다. 더 많은 근거를 찾는 데 집중할 필요가 있었다.

샌더스 아저씨께.

제가 새로운 베이비시터 광고를 위해 포스터를 만들었는데 이 쪽지와 함께 우편함에 하나 넣어 둡니다.

오늘 초등학교에서 아저씨의 귀여운 꼬마들을 만나서 반가웠어요. 엄마는 항상 둘의 주근깨 개수가 같아서 형제임을 알 수 있다고 말하곤 했답니다. 정말 너무 귀여워요! 둘 중 하나가 다른 하나에게 자갈을 뿌리고 있을 때, 아주머니가 많이 지치고 피곤해 보였어요. 엄마는 아저씨가 하는 일이 지구상에서 가장 힘든 직업이라고 하시더라고요. 이해할 수 있을 것 같아요. 휴식이 필요하실 때 언제든지 전화 주세요!

한 블록 뒤 이웃, 미아 파슨스 올림

분수 시험에서 15점 만점에 14점을 받았다. 높은 성적을 받아서 기분이 좋았다. 클레오와 드류가 15점을 받았다는 것 말고는 다 괜찮았다. 둘은 모든 것을 쌍둥이처럼 똑같이 하기 시작했다.

마르틴손 선생님은 세 줄로 자리 배치를 새로 했다. 이안은 우리 뒤에 있는 줄로 옮겼지만, 여전히 드류가 내 한쪽에, 또 클레오가 다른 한쪽에 앉아 있었다. 드류가 클레오에게 말을 걸 때(예를 들어 "야, 위대한 사람들은 같은 생각을 해."라고 말하고 싶을 때면), 내 책상 위에 몸을 기대고 모든 세균과 피부 각질로 추정되는 먼지를 뿌렸다. 그 얼마나 멍청한 말인지. "위대한 사람들은 같은 생각을 한다."라니.

드류가 말할 때의 표정은 더 멍청해 보였다. 눈썹을 위로 치켜들며 찡긋거리는 모습이라니! 나는 살짝 토할 뻔했다. 다행히도 마르틴손 선생님이 프로젝트에 대한 이야기를 시작했다.

"10월 중순이다. 눈에 띄는 진전이 있어야겠지."

그 말을 듣는 것은 괜찮았다. 정신적으로 완벽하게 준비되어 있었으니까. 24시간 전에 나는 거의 혼이 나가 있었다. 문자 메시지가 뇌에 미치는 영향에 대한 과학적인 기사를 하나 찾았기 때문이다. 기사에는 문자 메시지에 대한 많은 끔찍한 부분이 청소년의 주의력을 망친다고 써 있었다. 그 기사는 함부로 인용할 수 없었다. 그리고 뇌파에 대한 다른 연구 자료를 발견했는데, 그것은 내가 이해할 수 있는 수준이 아니었다. 하나도 이해할 수 없었다. 머리에서 둥둥 북소리가 나는 듯했다. 혼란스러운 와중에 엄마에게 이메일을 보내서 알았다. 엄마는 과학에 관련한 글을 읽는 능력이 뛰어났다! 엄마는 "누구나 이해할 수 있는 기본 사항들을 파악했다."라고 했다.

엄마 덕분에 나는 두 페이지 분량의 메모와 몇 가지의 중요한 인용문을 가질 수 있었다. 그리고 그것을 나와 이안은 프로젝트에 사용하기로 했다.

"우리 프로젝트를 위해 알아낸 것들이 있어."

교실 밖에서 물건을 정리할 때, 나는 이안에게 말했다. 물건 정리 시간에 어떤 그룹은 책상을, 어떤 그룹은 도서관을 맡았다. 이안과 나는 복도 끝을, 클레오와 드류는 복도의 다른 쪽 끝을 담당했다.

"문자 메시지를 보낼 때, 사람들은 언어를 사용하고 손과 손가락을 조정해야 하며 단어 뒤에 숨겨진 감정이나 의미를 알아내야 해. 대부분의 사람은 엄지손가락만을 사용해서 문자 메시지를 보내지."

나는 이안이 끼어드는 것을 무시하기로 했다. 왜냐하면, 의외로 고차원적으로 접근했기 때문이다.

"문자 메시지는 완전히 새로운 종류의 뇌 활동을 일으켜. 또 우리가 사물에 대해 생각하는 방식을 변화시키지."

이안이 말했다.

"사람들은 서로 긴 편지를 쓰면서 크고 깊은 생각을 나누다가 지금은 점심에 무엇을 먹었는지를 묻는 빠르고 짧은 문자 메시지를 쓰게 되었어. 성급하게 결론을 내려서는 안 된다고 생각해. 운전하면서 문자 메시지를 보내는 것, 걸으면서도 문자 메시지를 보내는 것에 대해서도 얘기해야지."

내가 말했다.

"절대 안 되지."

이안은 팔짱을 낀 채 고민에 빠졌다. 더 큰 깨달음을 기다리는 듯한 표정이었다.

"세상에는 문자 메시지에 대한 편견이 충분히 많이 있어. 고정관념을 갖지 않도록 조심해야 해."

이안은 자신의 만화 중에 한 장면을 내밀었다. 보행 중 문자 메시지를 보내는 사람이 인도를 완전히 차단하는 바람에 유모차와 개, 조깅하는 사람들이 모두 뒤에 쌓여 있는 장면이었다.

"좋아, 이건 좀 재밌다."

나는 인정했다. 그리고 내가 말하는 동안 이안은 적어도 겨

드랑이 방귀 소리를 내지는 않았다. 그리고 나는 "문자 메시지는 특별한 뇌파를 만들어 내기 때문에 사람들이 문자 메시지를 보낼 때마다 실질적으로 진화하고 있다는 사실에 초점을 맞춰야 해."라는 훌륭하고 위대한 결론을 내렸다.

이안의 표정은 내가 기대했던 것만큼 인상적이지 않았다. 하지만 나는 나 자신에게 큰 감명을 받았다. 엄마가 이 프로젝트에 도움을 준 덕분이었다. 엄마가 놀라운 자료들을 보내 주었고, 나는 이제 마르틴손 선생님을 완전히 감동시킬 준비가 되어 있었다.

"만화 컷이랑 슬라이드 쇼랑 유인물 같은 것도 할 거야? 말풍선도?"

이안이 물었다.

"좋은 생각이야. 그게 바로 내가 제안하려던 거야. 머지않아 너는 내 의견을 전혀 듣지 않아도 될 거야."

물론 이안은 항상 내 의견을 필요로 하겠지만, 나는 용기를 북돋아 주고 싶었다.

수신 : p.lwyn@hotmail.com

발신 : myamyapapaya1@gmail.com

제목 : 최근의 일들

아빠와 난다는 축구를 하러 갔지만 모두의 마음을 담아 할머니께 60억 번의 뽀뽀를 전해 줘요. 지금 이 순간 엄마를 떠올리며 안부를 전하는 가족은 나 하나라는 사실도 알아줬으면.

할머니에게 새 항생제가 효과 있다고 아빠에게 들었어요. 정말 기뻐요!

그나저나 로힝야족 사태가 악화되고 있다니 믿을 수가 없어요.

이 세상에서 앞으로 나아가는 일은 심각하게 어려운 것 같아요. 이란의 작가들이 여전히 감옥에 수감되어 있다는 사실을 알고 있어요? 그리고 거의 모든 곳에 터무니없는 수준의 청소년 빈곤이 여전하다는 것을 알고 있나요? 하루 빨리 유엔에 들어가서 일을 처리할 수 있도록 노력해야겠어요.

유엔 얘기가 나와서 하는 말인데, 지역 본부가 스위스 제네바에 있어요. 그게 무슨 뜻인지 아시죠? 나는 매일 치즈 퐁듀를 먹게 될 거예요! 그때는 엄마가 너무 나이를 먹기 전에 나를 보러 와 주면 좋겠어요. 같이 퐁듀를 먹을 수 있게 말이에요!

너무 보고 싶어요. 우리가 하루 빨리 만날 수 있게 기도할 거예요!

금요일에 마지막 종이 울리고 공식적으로 주말이 되었을 때, 나는 너무 행복했다. 트림을 섞어 가며 말하는 사람과 소통에 관련한 프로젝트를 진행하다 보니 머릿속이 뒤겨진 기분이었다.

나는 재킷을 입고 난다를 데리러 갔다. 하지만 겨우 학교 운동장으로 나가는 경계까지만 갈 수 있었다. 울타리를 따라 대나무가 높게 자라고 있어서 점심시간에 어린아이들이 숨바꼭질을 하기 안성맞춤인 곳이었다.

거기에서 누가 내 시선을 가로챘을까? 바로 클레오와 드류였다. 둘은 비좁은 대나무 사이에 몸을 숨기고 있었다. 마음을 가다듬고 한 발짝 더 걸었을 때, 드류가 클레오의 코에 뽀뽀를 했다. 그리고 클레오가 드류의 코에 뽀뽀를 했다. 그리고 둘은 진짜 뽀뽀를 했다! 입술에다가!

나는 고장 난 로봇처럼 움직이지 못하고 입을 떡 벌린 채로 멍청하게 서 있었다. 다행히 나는 둘이 눈치채기 전에 마음을 가다듬고 물러선 다음 운동장을 가로질러 초등학교 쪽으로 속도를 냈다.

나는 스케이트보드를 들고 중앙 계단으로 내려오는 난다를 발견했다. 난다가 물었다.

"언니, 괜찮아? 얼굴이 이상해 보여."

"난 괜찮아."

나는 심호흡을 하며 대답했다. 하지만 스케이트보드 공원에 가는 내내 난다에게 말을 걸지는 않았다. 일단 도착해서는 경사로 가장자리에 있는 콘크리트 연석 위에 앉아 두 손으로 머리를 감싸며 고개를 숙였다.

"언니, 이것 좀 봐!"

난다가 불렀다. 나는 얼굴에 미소를 가득 띠고 구경하는 시늉을 했다. 하지만 내 눈앞에 펼쳐진 장면은 작년에 있었던 일이었다.

스웨덴에서 온 한 무리의 학생들이 그날 우리 학교를 방문했고, 클레오와 나는 학생들 중 한 명의 가이드로 정해졌다. 점심시간, 클레오와 내가 농담하고 있을 때 그 학생은 "두 사람이 서로를 아주 잘 알고 있는 것 같아 보인다."고 말했다.

나는 고개를 끄덕이며 웃었다.

"우리는 서로의……."

클레오는 내 손에서 햄과 치즈 샌드위치를 가져가며 "샌드위치를 먹지!"라고 말했다. 그리고 입안 가득 음식물을 넣으며 그 학생에게 "친한 친구끼리는 서로의 샌드위치를 나누어 먹기도 하거든."이라고 말했다.

스케이트보드 공원의 연석에 앉아 나는 클레오와 드류가 서로의 샌드위치를 먹고 있다는 끔찍한 생각을 했다. 그래서인지 클레오는 이제 내 점심이 무엇인지 별로 개의치 않았다.

내가 걱정하는 가운데 난다의 작은 친구 중에 한 명이 램프 꼭대기에 있는 보드에서 떨어지면서 콘크리트 아래로 미끄러져 내려왔다. 그 아이의 아버지가 얼른 뛰어갔지만, 이미 아이의 뺨과 턱에 심각한 상처가 생긴 것을 보고 통곡하고 있었다. 나는 아이 아빠의 심정을 거의 정확히 알 것 같았다.

아빠는 커다란 파일 상자를 가지고 와서 식탁 위에 올려놓았다. 토요일 아침 시간에는 대부분을 집을 사무실로 여기는 아빠 때문에 난다와 나는 닌자처럼 발끝으로만 돌아다녀야 했다. 우리가 텔레비전을 켜려고 할 때, 아빠는 우리에게 미루는 게 왜 잘못인지와 수학 숙제를 하는 게 얼마나 중요한지에 대한 강의를 하다시피 했다. 난다는 숙제가 없고, 엄마가 항상 공부 일정을 짜는 것은 각자의 책임이라고 말했으며 북미의 다른 모든 청소년은 토요일 아침마다 텔레비전을 보면서 시간을 보내는데도 불구하고 말이다.

수학 공부를 마칠 무렵 난다는 내 침대를 군인들의 낙하산 착륙장으로 쓰고 있었다. 아래층으로 내려갔더니, 아빠가 두 손을 모으고 눈을 감은 채 서류 앞에 앉아 있었다. 코고는 소리가 들리나 확인했지만, 그렇지는 않았다.

"뭐하고 계세요?"

아빠가 놀라며 두리번거렸다.

"기도를 좀 하느라고."

아빠는 살짝 민망해했다. 엄마는 불교, 아빠는 기독교 신자였지만 우리 가족은 평소에 절이나 교회에 가지 않았다. 결혼식이나 장례식이 있을 때나 가는 정도였다. 또한 때때로 부활절일 때 길 아래쪽에 있는 연합 교회에 가고, 음식 축제가 있을 때 절에 가기도 했다. (음식 축제에서는 여러 가지 종류의 카레와 구운 쌀 요리, 튀김만두 등을 정말 싸게 팔았기 때문에, 그날만은 헌신적인 불교 신자가 되고는 했다.)

"무슨 기도를 했어요?"

아빠에게 물었다.

"엄마가 무사히 집에 돌아오게 해 달라고. 엄마가 집에 없는 동안 불이 나지 않게 해 달라고도 했지."

그건 당연한 두려움일지도 모른다.

"엄마는 항상 싱크대 아래에 소화기를 비치해 두고, 학교에서는 불이 났을 때 집 밖으로 탈출하는 방법을 가르쳐 줘요."

"음, 걱정거리가 하나 줄었구나."

아빠가 말했다. 하지만 내가 기대한 만큼의 안도하는 표정을 짓지는 않았다.

일요일 아침, 위니 이모는 확실하게 준비하고 우리 집에 왔다. 스케이트보더인 내 여동생 난다는 이모의 재료 상자를 집 안으로 옮겨 주기 위해 잠시 묘기를 멈춰야 했다. 위니 이모는 난다의 뒤를 따라 현관문을 박차고 들어와 마치 보물 상자를 내놓 듯이 내게 바인더를 건네주었다. 이모의 재료 상자 안에는 나를 위해 열심히 타자를 치고 인쇄한 요리법 설명서가 가득 차 있었다. 얼핏 봐도 서른 장은 되어 보였다.

"엄마가 곧 돌아올 텐데요!"

"엄마가 오시더라도 계속 도와주면 되지! 여기서 요리를 하는 게 네 엄마뿐이라는 것이 더 문제야."

위니 이모가 말했다. 난다는 밖으로 몸을 피했다. 오, 보기보다 똑똑하다.

"아빠가 설거지는 해요."

나는 작게 말했다.

"너는 주로 뭘 하지?"

이모가 눈썹을 올리며 물었다. 나는 집에서 많은 일을 하고 있었기 때문에 그 질문(난다가 이틀 동안 세탁기 위에 꺼내 두어 곰팡이 냄새가 나던 세탁물을 다시 세탁기에 넣고 돌렸던 끔찍한 경험도 포함하여)이 못마땅한 듯 입을 열었다. 왜냐하면 실제로 집안일을 거의 도맡다시피 하고 있었기 때문이다. 하지만 그 순간 위니 이모는 엄마가 곁에 있을 때 무엇을 도왔는지 묻는 거였기 때문에 아무 말도 할 수 없었다. 나는 믿을 수 없을 정도로 도움이 되는 사람이었을 텐데 그 순간 아무 생각이 나지 않았다.

"모든 카레 요리의 기본은 양파, 생강, 마늘을 섞는 거야."

재료를 펼치며 이모는 재빨리 손을 씻고 엄마가 쓰던 만능 조리 기구들을 꺼냈다. 몇 분 동안, 나는 이모가 완전한 카레를 만들어 줄 수도 있다는 생각이 들어 적당한 간격으로 고개를 끄덕였다. 하지만 아니었다. 이모가 나를 보며 말했다.

"어서 손 씻으렴."

'곧 닥칠 대재앙'이 무엇일지 생각도 하기 전에 나는 거대한 칼등으로 마늘을 찧고, 포장을 벗겨 내고, 만능 조리 기구를 만지고 있었다. 양파 한 개와 껍질을 벗긴 생강, 강황, 파프리카, 카옌이 내 손을 거쳐 갔다. 파프리카와 카옌을 거의 같은 양으로 섞을 뻔했는데, 위니 이모가 제때 나를 막았다. 이모는 마치 학습장애인가 하는 눈초리로 나를 쳐다보았다.

위니 이모는 내게 큰 냄비에 기름을 부어 좀 데운 다음, 만능 조리 기구에서 섞어 둔 것을 꺼내라고 말했다. 그런데 그때 대재앙이 일어났다.

숟가락이라도 썼어야 했다. 나는 손으로 해결하려다가 사고가 났다. 조심한다고 했는데, 내용물을 꺼내면서 기구의

칼날 가장자리에 손가락이 낀 것이다. 나는 비명을 질렀다. 위니 이모는 더 크게 비명을 질렀다.

이미 음식은 피인지 카레인지 분간하기 어려웠다. 엎친 데 덮친 격으로 그 순간 스케이트보드 장비를 착용한 난다가 코피를 줄줄 흘리며 부엌에 나타났다.

"도와줘!"

난다가 외쳤다.

놀란 이모가 난다를 감싸안자 티셔츠 앞부분에 흠뻑 핏물이 들었다. 난다는 공포 영화에서 튀어나온 귀신 같았다. 이모의 얼굴은 갈색에서 흰색으로, 그리고 약간 초록색으로 변했다. 나는 항상 '초록색으로 변함'이 상상만으로 가능하다고 여겼는데 보아하니 진짜 그렇게 변할 수도 있었다.

난다는 손을 덜덜거리다가 이내 의자에 주저앉았다.

"뭔가 화끈거려."

난다가 말하자 코피 공기 방울이 일어났다. 나는 피가 나지 않는 손으로 난로를 켰다. 그리고 위기 대처 능력이 좋다고 생각했다.

"괜찮아요?"

나와 난다는 동시에 위니 이모에게 물었다. 이모는 무릎 사이에 얼굴을 파묻고 있었다.

"앰뷸런스를 불러야 하니?"

이모가 물었다.

"우리를 위해서요, 아니면 이모를 위해서요?"

난다가 되물었다.

"너희를 위해!"

나는 고개를 저으며 주방용 손수건을 난다에게 건네었다. 그리고 행주로 내 손가락을 감쌌다.

"앰뷸런스는 필요 없어요."

난다가 대답했다.

"이모는 피가 싫은가 봐요?"

내가 물었다. 나는 위니 이모를 사랑한다. 왜냐하면 나의 이모고, 이모는 사랑해야 하는 존재이기 때문이다. 하지만 머리를 다리 사이에 넣고 어쩔 줄 몰라 하는 모습을 보고 나서 나는 진심으로 더욱더 이모를 좋아하게 되었다. 그 순간, 이모가 진짜 사람으로 변한 것 같아서였다. 엄청나게 도움이 되는 사람은 아니었지만.

"이리 와. 마른 빨래들이 아직도 소파에 있어서 새 티셔츠로 갈아입을 수 있어. 몇 분 동안은 수건으로 코를 계속 막고 있어야 해."

나는 난다에게 당부했다. 이윽고 위니 이모의 얼굴색도 원상 복귀가 되어 있었다. 이모는 타 버린 양파를 긁어내고 냄비를 닦고 있었다. 이모가 닭고기와 토마토를 깍둑썰기 했고, 내가 자른 재료를 냄비에 넣었다. 그리고 이모는 음식을 새로 만들면 된다고 말했다. 그때 난다가 나타나 수건에 물든 핏자국을 어떻게 지우냐고 물었다. 위니 이모는 그냥 쓰레기통에 버리라고 했다. 새 수건을 사다 놓으면 엄마는 모를 거라고.

수신 : p.lwyn@hotmail.com
발신 : myamyapapaya1@gmail.com
제목 : 엄마의 딸은 타고난 요리사

안녕 엄마!

오늘 밤 엄마와 통화할 수 있어서 너무 좋았지만, 통화 시간은 늘 충분하지 않은 것 같아요. 아빠와 난다가 전화를 독차지하는 것 같단 말이죠. 아빠는 어른이니까, 더욱 독립적인 사람이어야 한다고 말해야겠어요. 엄마의 통화 시간 중 아빠가 차지하는 시간이 가장 적어야 해요.

할머니가 서서히 좋아지고 있다니 다행이에요. 우리 걱정은 하지 마세요. 단 하나도 걱정할 게 없어요. 엄마가 떠나고 나서는 모든 게 엉망이었는데, 이제는 내가 맡아서 모든 일이 순조롭게 진행되고 있어요. 난다는 빨래하는 방법을 배웠어요. 참, 제가 엄마의 스웨터를 빌렸는데(미안해요), 그것을 난다가 세탁했으니까(난다는 더 미안해해야 해요) 흰색 스웨터를 새로 사야 할지도 몰라요. 그래도 하얀 스웨터를 다시 사서 가족들이 깨끗한 옷을 입을 수 있다면 그 정도 옷값은 치를 가치가 있지 않을까요? 저는 그렇다고 생각해요!

엄마를 너무 사랑하고 그리워하는, 스웨터가 아주 잘 어울리는 미아 올림

목요일 저녁, 난다가 축구 연습을 하러 가는 길에 같이 '환상 할로윈' 팝업스토어에 갔다. 그때 우리는 엄마가 난다의 마법사 망토를 만들어 주고 내 수녀 복장 디자인을 도와줄 시간에 맞추어 오지 않을 거라는 사실을 깨달았다.

아빠가 몇 개의 좀비 가면과 술이 많이 달린 마법사 복장은 안 된다고 하자, 난다는 우주비행사가 되기로 결정했다. 나는 1970년대의 디스코 의상을 골랐다. 왜냐하면 거대한 평화 표시 귀걸이와 한 세트였고, 그것은 나의 미래와 연결이 됐기 때문이다. 또 빨리 선택하지 않으면 아빠가 인어 의상을 입고 학교에 오겠다는 게 아닌가. 아빠도 인어가 되고 싶지는 않았을 것이다.

새 의상 스케치 고마워! 특히 사탕처럼 생긴 선글라스가 너무 좋았어. 네가 수익금의 일부를 난민 구호에 기부하면 더 유명해질 거고, 사람들도 구할 수 있을 거야.

오늘 유엔 웹사이트에 들어가 확인했어. 난민 기구는 식량과 50만에 이르는 물을 공급하려고 노력하고 있대. 로힝야족은 이제 미얀마에서 방글라데시로 국경을 넘었어. 정말 심각한 일이야.

유엔 난민 기구에는 말 그대로 수천 명의 사람들이 일하고 있어. 조직을 유지하기 위해 나처럼 믿을 만한 직원이 필요할 거야. 그리고 나는 매일 출근할 때마다 너의 초유행 패션 의상을 입을 거야.

추신 : 네 할로윈 의상이 뭔지 알려 줄 거지?

나는 진짜로 보모 아르바이트를 하게 되었다! 토요일에 샌더스 아주머니에게 전화가 왔다.

"여보세요, 미아 있나요?"

아주머니는 매우 또박또박하게 물었다.

"제가 미아입니다."

나도 또박또박 대답했다. 이 상황에 딱 맞는 진지하고도 명확한 목소리였고, 전문가다운 억양이었다고 생각한다.

"…… 밤에 가능할까요?"

우르르 쾅! 전쟁이라도 난 듯 갑작스럽고 엄청난 굉음이 수화기를 타고 울리는 바람에 샌더스 아주머니가 언제라고 하는지 잘 들리지 않았다. 아주머니가 그에 맞서기라도 하듯 소리를 지르기 시작했다. 고막이 터지는 줄 알았다. 아주머니가 목소리를 바꿔 다시 전문적이고 또박또박하게 말할 때까지 귀에서 수화기를 멀리 떨어뜨려야 했다.

"다음 주 금요일 밤에 아이들을 봐줄 수 있나요?"

샌더스 아주머니가 말했다. 그러더니 또다시 악을 썼다.

"너희들 또 소리 냈다간 창문 밖으로 던져 버릴 거야!"

나에게 소리친 건 확실히 아니었다. 샌더스 아주머니가 고함을 지르는 동안 나는 아빠에게 금요일에 별다른 스케줄이 없는지 손짓으로 물어볼 수 있었다. 아빠는 오케이 표시를 했다.

"네, 돌볼 수 있습니다."

전화기 너머로 샌더스 아주머니의 행복감이 느껴졌다. 그와 동시에 나는 돈을 버는 노동자의 삶을 시작했다. 핸드폰에 한 걸음 더 가까워진 것이다!

청소년들의 인생을 망친 괴물

■

　유엔 직원이라면 때때로 어느 시점에서 휴식을 취해야 하는지 알아야 한다. 예를 들어, 한 유엔 협상가는 시리아에서 열린 평화 회담에서 양측이 충분히 노력하고 있다고 느끼지 못하자 회담 장소를 떠나 버렸다.

　월요일에 있었던 사청회 이후 나는 심각하게 정신적인 휴식이 필요했다.

　우리는 7년형을 선고받고 이집트에 수감된 기자 한 명에게 편지를 쓰기로 했는데, 그가 풀려나서 캐나다로 돌아가 대학생들에게 언론의 자유에 대해 가르치기도 했다는 소식을 들었다. 우리가 하려고 했던 게 바로 그런 일이었는데……. 그래서 우리는 회의 시간에 할로윈 의상에 대해 수다를 떨었다. 누군가 클레오에게 할로윈 날 학교에 무엇을 입고 갈 것인지 물어보기 전까지는 모든 게 괜찮았다. 클레오는 말하고 싶어 하지 않아서 나머지 회의 시간에는 사람들이 클레오의 의상을 예상하며 보냈다. 하지만 고양이, 마녀, 헤르미온느 그레인저, 허수아비, 레이아 공주, 발레 무용수, 좀비 발레 무용수, 신부, 좀비 신부, 해골, 유니콘, 용, 해적, 좀비 해적 의상 옷을 입지 않을 것이라는 것만 예상했을 뿐 클레오의 할로윈 복장이 정확히 무엇일지는 잘 모르겠다.

회의 시간에 수다나 떨다니! 다음 주에는 무언가 더 강력한 주제로 세상을 구하는 방법을 찾아야겠다.

나는 사탕을 얻으러 다니는 전 세계에서 유일한 열네 살일 것이다. 오로지 동생 난다를 돌보기 위해 사탕을 얻으러 다니는 것임을 분명히 하고 싶었다. 클레오와 드류, 조조와 라훌은 영화를 보러 극장에 갔다. 아빠의 육아가 완벽하지 않을지 모르지만 클레오의 엄마보다 잘하고 있을지도 모른다. 넷이 보러 간 영화는 지나치게 별로였다. 그래서 나를 초대했더라도 결코 가지 않았을 것이다.

수신 : cleocleobear@gmail.com

발신 : myamyapapaya1@gmail.com

제목 : 해피 할로윈!

영화를 보러 가기 전에 내게 전화를 했을 테지만, 나는 정말, 정말 바빴어!

학교에 입고 온 너와 드류의 제인구달과 침팬지 의상은 너무 멋졌어. 정말 좋은 생각이었어! 2년 전에 너와 내가 일회용 커피 잔으로 분장해 재활용에 대한 정보를 붙이고 다녔을 때만큼 훌륭했어.

오늘 아침에 내가 급히 화장실에 가야 한다고 했을 때, 속상해서 그랬다고 생각했을지도 모르지만 나는 정말 오줌을 싸야 했어. 걱정하지 않아도 돼.

올해 네가 드루에게 나 대신 네 의상 파트너가 되어 달라고 한 건 말이 돼. 왜냐하면 분명히 난 침팬지 의상을 입고 싶지 않았을 거고, 두 명의 제인 구달은 바보 같았을 테니까.

내년 할로윈 기간에는 나도 누군가와 사귀던지 해야겠어. 그러면 커플로 같이 의상을 맞춰서 입고 가는 것도 재미있을 것 같아.

할로윈이 끝나고 프로젝트에 다시 집중할 수 있게 되자 나는 비로소 마음이 편해지고 기분이 좋아졌다.

이안과 나는 완벽한 공식을 완성했다. 내가 세세한 자료 준비 작업을 하는 동안 이안은 발표를 위해 특수 효과를 연구했다. 수요일 아침 복도에서, 나는 문자 메시지가 어떻게 발명되었는지에 대한(1992년에 어떤 컴퓨터 프로그래머가 동료에게 "메리 크리스마스"라는 메시지를 보냈을 때) 서면 보고서의 첫 단락을 끝냈다. 이안은 학급 노트북을 빌려 타임라인을 만들었다. 녹색 거품 속에서 모든 핵심 포인트가 텍스트인 것처럼 나타나는 효과를 준 이안이 꽤 영리하다는 것을 인정할 수밖에 없는 멋진 보고서였다.

조조와 라훌은 교실 안에서 북을 쳐 대고, 클레오와 드류는 복도 건너편에서 작업을 하고 있었다. 너무 시끄러워서 우리가 온전히 집중할 수 있었던 건 거의 기적이었다. 조조와 라훌, 클레오와 드류는 터무니없이 복잡해 보이는 알렉산더 그레이엄 벨 송신기를 만들고 있었다. 배관 파이프와 못을 박을 나무, 그리고 물이 준비되어 있었고, 클레오는 바닥에 흘린 물을 닦기 위해 화장실에서 계속 휴지를 날라야 했다.

클레오는 심기가 불편해 보였다. 기분이 좋지 않을 때 클레오는 아기 용처럼 이상한 코웃음을 친다. 그럴 때에는 잠시 뒤로 물러서야 한다. 알다시피, 용은 불을 내뿜기 때문이다. 드류는 그 신호를 감지하지 못한 듯했다. 나 역시 성숙하고 공감하는 사람이 아니었다면, 그 심각한 상황을 알아차리지 못했을 것이다.

"이거 좀 들어 줄 수 있어?"

지친 기색을 드러내며 드류는 클레오에게 물었다.

"네, 전하. 신데렐라가 허드렛일을 끝마치면 도와드리지요."

클레오가 코웃음을 치며 말했다.

"미아, 이것 좀 봐봐."

이안이 나를 불렀지만, 나는 무시했다.

"그렇게 말고."

드류가 말했고, 클레오는 다시 한 번 드류를 도와주고 있었다. 그리고 클레오는 또 한 번의 큰 코웃음을 쳤다.

"그렇게 들면 안 되고, 이렇게 하라니까."

"미아?"

이안이 다시 나를 불렀다.

"잠시만."

나는 쉿, 소리를 내며 말했다.

"삼…… 이…… 일……!"

"나한테 이래라저래라 하지 마!"

클레오가 플라스틱 튜브 조각을 복도 한가운데에 던지며 소리를 질렀다.

"모든 것을 할 줄 아는 건 너뿐만이 아니야! 아는 척 좀 그만해!"

클레오는 발을 구르며 물컵마저 던져 버렸다. 클레오는 드류와 어울리기 시작한 이후로 더 많은 것을 던진다. 드류는 클레오에게 확실히 나쁜 영향을 끼치고 있었다.

"우와! 저런 일이 벌어질 줄 어떻게 알았어?"

이안이 탄성을 질렀다. 나는 눈동자를 이리저리 굴렸다.

"왜냐하면 눈이 있고, 생각이 있으니까?"

남자애들은 사고력이 부족하다. 매우.

드류는 그 자리에 가만히 서서 멀어져 가는 클레오를 노려보고 있었다.

"그럼, 이제 어젯밤에 내가 만든 만화 컷을 한번 봐줄래?"

이안은 금방이라도 불같이 화를 낼지도 모른다는 두려움에 가득 찬 눈망울로 나를 쳐다보았다. 프로젝트를 시작할 때의 내 모습도 저랬을까. 어찌 된 일인지 클레오가 드류에게 화를 내는 장면을 보고 나서 나는 이안에게 좋은 감정이 생겼다.

"응! 와, 정말 완벽한데?"

이안이 준비해 온 것을 보고 나는 웃으면서 말했다. 놀랍게도 이안은 만화 컷을 정말 잘 그렸다. 생각했던 것보다 훨씬 훌륭했다.

"내일은 우리가 발표 때 읽을 대사를 만들도록 하자."

나는 웃으며 말했다.

이안은 내가 말하는 것이라면 뭐든지 따르겠다는 표정으로 고개를 끄덕였다. 이 모든 과정은 내가 바라고 원하고 계획했던 바다. 나는 우리의 이 이상적인 협동 장면을 드류가 보고 배웠으면 했다.

아빠는 내가 목요일 방과 후에 스케이트보드 공원에서 난다를 기다리는 동안 숙제를 했으면 좋겠다고 했다. 하지만 그건 실천하기 참 힘든 제안이었다. 시간을 돌려 1980년대로 간 듯 시끄럽고 끔찍한 음악이 여기저기서 터져 나왔다. 매 순간 난다는 자신이 스케이트보드를 얼마나 잘 타는지 시험하고 있었다.

난다는 가장 높은 경사로에서 빠른 속도로 내려왔다. 난다의 스케이트보드가 타고 있는 사람보다 더 빨리 달려가고 있었다! 난다가 아슬아슬하게 한 박자 늦게 따라가려고 할 때마다 나는 두 손으로 입을 가리며 비명을 질러 댔다.

다행히도 난다는 넘어지지 않았다. 마지막 순간에 뛰어내려 보드를 먼저 보냈다. 두어 걸음 달려가 보드를 잡아들고 어슬렁거리며 내게 다가왔다. 아무렇지 않은 듯이.

"언니, 놀랐어?"

난다는 지구상에서 본 가장 짜증 나는 말투와 표정으로 말했다. 나는 그런 난다를 노려보았다.

"언니도 한 번 해봐. 내가 가르쳐 줄게."

난다의 말에 정말 기가 막혔다.

"숙제를 해야 해."

나는 최대한 차분하게 말했다.

"나의 화려한 기술을 보고 겁먹은 것 같은데……."

난다가 말했다.

"네 머리가 깨지는 줄 알았어!"

"아, 그렇게 걱정할 필요는 없는데."

"네가 뇌 수술이라도 하게 되면, 나는 슈트루델을 갈아서 튜브를 통해 네 입에 넣어 줘야 하니까."

난다는 오리처럼 꽥꽥거리며 웃었다. 그리고 스케이트보드를 타고 순식간에 저 멀리 가 버렸다.

수신 : p.lwyn@hotmail.com

발신 : myamyapapaya1@gmail.com

제목 : 동맥이 위험해

아빠는 엄마가 돌아오는 시점에 대해 계속 "언제든지"라고 해요. 할머니가 퇴원하셨다니 정말 다행이에요. 정말 정말요.

엄마가 정말 필요해요. 왜냐하면 캔 따개를 어디에 두었는지 아무도 못 찾아요. 아빠가 계속 캔 따개 사 오는 것을 잊어버려서 캠핑용 칼로 수프 깡통을 따고 있어요. 조만간 동맥을 잘라 버릴지도 몰라요. 또 위니 이모가 요리 수업을 해 주겠다고 나를 협박해요. 그렇게 되면 캔 수프는 더 필요 없을 것 같아요. 건포도를 얇게 썰어 요리 위에 올리는 것에 대한 문제는 줄어들겠지만 앞으로 몇 년 동안 엄마는 나를 위해 심리 상담 비용을 지불해야 할지도 몰라요.

게다가 우리가 엄마를 너무 사랑하니까 당연히 집에 빨리 오셔야 해요. 제물에 대한 엄마의 이메일은 잘 이해했어요. 돌아오면 제물의 의미에 대해 더 자세히 설명해 주세요. 걱정하지 마요. 아무것도 하지 않을게요. 비상사태가 일어나지 않는 이상!

엄마를 너무 그리워하는, 미아 올림

난다의 존재 자체에 대해 감사하는 일이 생길 줄은 생각도 못했다. 한편으로는 이미 8년 동안 난다를 견뎌 냈기 때문에 금요일 밤 샌더스 아주머니네서 살아남을 수 있었을지도 모른다는 생각이 들기도 했다.

샌더스 아주머니가 떠날 때만 해도 모든 것이 괜찮아 보였다.

"텔레비전을 몇 분 더 보게 해도 돼. 그리고 선반에서 보드게임을 꺼내서 놀아 주면 될 거야. 그 후에는 목욕을 하고 잠자리에 들면 돼."

아주머니는 노래를 부르고 있지 않는데도 불구하고 높고 즐거운 리듬이 섞인 듯한, 소녀 같은 목소리로 말했다.

두 소년은 마치 천사처럼 흰빛이 나는 머리카락을 가지고 있었다. 여섯 살인 데미안은 움직일 때마다 머리에서 팝콘처럼 솟아나는 부드러운 곱슬머리였다. 그리고 형인 대니는 미소를 지을 때마다 작은 보조개가 반짝이며 들어갔다. 물론, 애들이 진짜 천사가 아니라는 사실을 이미 알고 있었다. 왜냐하면 대니와 데미안이 학교 운동장에서 싸우는 모습을 보았기 때문이다. 하지만 나는 아이들과 함께할 때 나오는 내 자연스러운 행동과 뛰어난 슬기로움이 우리가 마주칠 수 있는 어떤 문제도 해결할 수 있을 거라고 생각했다.

아, 하키 채를 휘두르면 안 되는데. 처음부터 예상하지 못한 물건이 눈앞을 지나갔다. 샌더스 아주머니가 텔레비전, 보드게임, 목욕, 잠자리를 말했다. 하지만 아이들은 뭔가 다른 소리를 들은 것이 분명했다. 아마도 얘네가 들은 말은 "텔레비전을 절대 *끄*지 않고, 리모컨을 뺏기 위해 미아를 발로 차고, 귀를 막고, 소리 지르고, 욕조 근처 어디에도 가지 말고, 미아가 벽에서 텔레비전 플러그를 뽑으면 알몸으로 집 안에서 경주를 해라!"였을 것이다.

나는 부드럽고 자상한 목소리로 아이들을 돌보기 시작했다. 그러나 이내 딱딱하고 날카로운 목소리가 나왔다. 아, 그리고 결국 이성을 잃었다. 내가 대니와 데미안에게 목욕을 하러 들어가라고 고함을 치고 있을 때, 초인종이 울렸다.

어린아이 돌보기에 대한 수업을 들을 때, 강사가 밤에 문을 열어 주지 말라고 강조했다. 하지만 그 순간 나에게 매뉴얼 따위는 존재하지 않았다. 나는 상황에 대응할 적절한 생각을 하기 힘들었고, 밖에 연쇄 살인범이 있다 하더라도 정신적으로 (또 실제로) 벌거벗은 원숭이들보다 통제하기가 쉬울 것이라는 판단이 들어 문을 열었다. 양복을 입은 두 남자가 미소를 지은 채 예수에 관한 잡지를 들고 서 있었다.

"괜찮으세요?"

키가 더 큰 남자가 물었다. 아마도 내 고함을 들었나 보다.

"괜찮아요."

괜찮다고 말했지만 내 뒤로 대니는 소파를 향해 벌거벗은 채 울부짖는 소리를 냈다. 그리고 데미안은 이미 텔레비전을 켜고 있었다.

"음, 내 이름은 요나이고 이쪽은 앤드류야. 오늘은 '진실의 세계로'라는 제목의 훌륭한 기사를 가지고 이 근처의 집들을 방문하고 있단다. 혹시 부모님이 이 글을 읽고 이야기를 나누는 데 관심이 있으실까?"

남자는 내 대답을 기다려 주지 않았고, 계속해서 기사에 대해 말했다. 내 뒤로는 데미안과 대니가 리모콘을 가지고 싸우고 있었다. 데미안이 울기 시작했다. 서로를 때리는 아이들을 뒤로하고 개종에 대한 설명을 듣는 중에 샌더스 아주머니가 집에 도착할지도 모른다는 끔찍한 느낌이 들었다. 아주머니가 이 장면을 보면 경찰에 신고하는 것도 모자라 나를 정신 병원에 입원시킬지도 모른다는 생각이 스쳐 지나갔다.

"들어가 봐야 할 것 같아요. 내일 다시 오셔서 이 집 주인과 말씀을 나누세요."

키 큰 남자의 말을 나는 최대한 정중하게 잘랐다. 무례하게 굴고 싶지 않았지만, 키 큰 남자는 말을 끊지 않았고, 데미안은 몸이 일부 잘려 나가기라도 하는 듯한 비명을 질러 댔다. 나는 천천히 문을 닫았다.

"그럼, 이거라도 좀 받아 줄래? 우리는 다시……."

황급히 잡지를 받아 들고 간신히 문을 다 닫았다. 잡지 표지에는 머리카락이 긴 예언자처럼 보이는 사람의 그림이 그려져 있었다. 나는 다시 소파 쪽으로 쿵쿵거리며 걸어가 두 레슬러 앞에 섰다.

"누구였어?"

데미안의 가슴을 팔로 툭툭 치며 대니가 물었다. 데미안이 더는 말을 잇지 못할 정도로 심하게 울고 있었다.

영감이 떠오른 나는 잡지를 들었다.

"예수님이었어. 예수님은 네가 동생에게 잘하고, 목욕하기를 바라서."

나는 진지하게 말했다.

아마도 예수님은 실제로 그때 동네를 돌아다녔을 것이다. 왜냐하면 사람들의 행동을 바꾸는 데 효과가 있기 때문이다! 두 아이는 눈이 휘둥그레져서 욕조 쪽으로 달려갔다. 아이들은 이미 벌거벗은 채였다. 물을 트는 동안 아이들은 조용히 내 옆에 서서 얌전하게 기다렸다. 아이들 돌보기에서 본 훌륭한 기준에 맞는 장면이었다. 이윽고 함께 욕조에 들어가 비누질을 했고, 조용히 몸을 헹궜으며, 끝난 후에 수건을 선반 위에 걸었다. 샌더스 아주머니가 집에 도착했을 때, 아이들은 침대에 누워 있었다. 기적 같은 일이었다. 나는 자신만만한 표정을 지어 보였다.

샌더스 아주머니는 여전히 소녀의 목소리로 "우리에게 힘을 실어 주는 성령이 충만한 모임이었어."라고 말했다. 샌더스 부부는 독실한 침례교 신자들이어서 매주 성경 모임에 참석하고 있었다. 나는 두 남자로부터 받은 잡지를 재활용품 사이에 묻어 두었는데, 샌더스 아주머니가 그것을 좋아할지(그 두 남자는 침례교 신자가 아니라고 꽤 확신했다) 아니면 신성 모독(예수님으로 추정되는 인물이 표지에 있기 때문에)이라고 생각할지 판단할 수 없었다. 예수님은 예수님이니까 통할 거라는 생각이 들기도 했지만, 잡지에 대해 확신이 들지는 않았다.

어쨌든 샌더스 아주머니는 구두를 벗고 미소를 지으며 지갑을 열었다.

"얼마를 주면 될까?"

"20불 정도요?"

1시간에 8불 정도로(10불이 아니라) 책정했지만, 위험 수당이 더해져야 한다고 생각했다.

"오!"

아주머니가 말했다.

"10불밖에 없는데…… 이것으로 안 될까?"

내가 하고 싶었던 반응은 소리를 지르고, 울고, 아주머니의 품에 안기며 "저한테 왜 그러시는 거예요?"라고 오열하는 것이다. 하지만 내가 실제로 한 반응은 고개를 끄덕이고 미소를 지으며, 인사를 대충하고 기적이 사라지기 전에 그 집에서 벗어나는 것이었다. 저 아이들은 돈을 받고 돌볼 가치가 없었다. 그리고 이런 노동에 대한 대가로는 절대, 절대, 절대로 빠른 시일 내에 핸드폰을 살 수가 없다!

일요일 오후에 클레오는 사회적 정의를 위한 청소년 회의의 다음 주제를 의논하기 위해 내게 전화를 했다. 그러니까, 우리 집 전화벨이 울렸다. 너무 오랜만에 있는 일이라서 난다가 나에게 전화 왔다고 말하는 순간 하마터면 넘어질 뻔했다.

클레오가 내게 제일 먼저 한 말은 영화를 본 이후로 계속 악몽을 꾼다는 것이다.

"그랬구나. 정말 힘들었겠어."

"내가 뭐랬어!"라고 하면 클레오가 기분 나빠 할 것 같아서 그렇게 말했다.

클레오는 "드류와 관련된 소식이 있어!"라고 했다.

아주 짧은 순간 나는 클레오가 감각을 되찾아서 드류의 실체를 알게 되었다고 생각했다. 하지만 불행히도 그건 아니었다.

"드류가 우리 모임에 가입하고 싶대. 영원한 멤버로!"

"그렇구나."

나는 눈을 포크로 찌르는 듯한 느낌이 들었지만, 우정을 위해 참았다. 이 정도는 참아야 한다고 생각했다.

"다음 주제로 생각해 둔 것이 있어?"

클레오가 물었다.

"너는?"

"나는 생각할 겨를이 없었어."

"음……. 나는 우리가 각각 인도, 베트남, 브라질 같은 국가의 정부에 편지를 쓰면 어떨까 생각했어. 그 나라들은 모두 청소년 노동 문제가 있거든."

"좋아! 완벽해!"

"이번 주말에 내가 그 노동을 경험했잖아."

나는 악몽 같았던 보모 아르바이트 이야기를 시작하려고 했다.

"미아, 나는 가 봐야겠어. 핸드폰이 울려! 내일 학교에서 얘기하자!"

클레오가 말했다. 빤하다. 드류 아니면 조조겠지. 나는 얼마나 많은 사람이 이런 전화 통화를 하는지 궁금했다. 나와 전화 통화를 하던 중에 핸드폰이 울린다며 전화를 끊는 그런 친구가 점점 늘고 있다.

우리는 슈트루델에서 와플로 식사가 바뀌는 큰 발전을 했다. 월요일 아침, 아빠는 일찍 집을 나섰고, 난다는 남은 와플 조각을 엄마의 사당 그릇에 담는 나의 팔을 붙잡았다.

"지금 뭐 하는 거야?"

"제물을 바치는 중이야."

"엄마가 그건 손대지 말라고 했잖아."

"그러지 않았어."

"그랬어!"

엄마는 정확히 '그러지 않았다'. 그 일에 대해 나와 먼저 이야기하고 싶다고 했을 뿐이다. 정말 그뿐이었다.

"그나저나 네가 어떻게 알아?"

난다가 내 이메일을 읽은 게 분명했다. 그러지 않고서야 제물에 대해 알 리가 없다. 난다의 표정을 보니 더욱 확신이 들었다.

"엄마가 그렇게 말했으니까!"

"내가 제물에 대해 물어봐서 기쁘다고 하셨지."

나는 단호하게 말했다.

엄마와 아빠는 항상 나와 난다가 불교든 기독교든 또 다른 종교든 관심이 있다면 경험해 보라고 했다.

"하지만 엄마가 집에 돌아오면 다시 얘기해야 해. 엄마의 물건을 함부로 만지면 안 되지."

"나는 엄마의 물건으로 장난치고 있는 게 아니야! 기도하는 거지!"

소리를 치고 있었기 때문에 내 말은 더 설득력 있게 들렸고, 이 일을 심각하게 생각하고 성가시게 군 난다 때문에 불교식 기도와 명상을 배워야 하는 또 다른 좋은 이유를 찾게 되었다. 내가 집에 머무는 앞으로의 6년 가정생활을 버티고 이겨 내기 위해서 말이다.

난다는 팔짱을 끼고 말했다.

"그럼 언니는 이제 불교 신자인 건가?"

"너와는 상관없는 일이야."

나는 난다를 밀치고 학교에 갈 준비를 하기 위해 위층으로 올라갔다. 솔직히 말하자면, 확신이 없었다. 엄마는 항상 불교가 종교라기보다 철학에 가깝다고 했다. 부처님과 하나님께 동시에 기도한 게 문제였을까?

난다는 계단 밑에서 소리치는 방법을 선택했다.

"엄마한테 다 말할 거야!"

"좋아! 그렇게 해! 그저 와플에 불과한 것을 너도 참!"

와플은 사실 놀라울 정도로 맛있었다. 부처님을 위해 내 것의 일부를 떼 내는 것은 진정한 희생이었다. 부처님이 그것에 대해 고마워 하셨으면.

아무래도 부처님과 하느님은 둘 다 나의 핸드폰 문제에 신경 쓸 겨를 없이 바쁘신 것 같다. 사청회 회의 주제도 도와줄 생각이 없는 것 같다. 나는 인도에서 노예와 다름없던 수천 명의 청소년을 노동에서 해방시켜 노벨상을 수상한 카일라시 사티아르티에 대한 영상을 찾았다.

나는 마르틴손 선생님께 부탁해서 프로젝터를 사용할 수 있도록 허락을 받았고, 그 문제에 대해 연구하는 자선단체들의 목록도 만들었다. 그래서 우리가 빵 바자회를 하면 기부할 돈을 모을 수 있을 것이라고 생각했다.

"다른 빵 바자회를 준비해 볼까?"

클레오가 말했다. 그 목소리는 너무 작아서 알렉산더 그레이엄 벨의 발명품을 사용해도 잘 안 들릴 정도였다.

"어마어마한 도넛 바자회를 여는 것에 한 표!"

드류가 말했다.

"도넛으로 덩크 슛을 날리자!"

누군가가 말했다.

"핫도그 빨리 먹기 대회!"

또 다른 누군가가 말했다.

도움을 청하는 눈으로 클레오를 쳐다보았지만, 핸드폰을 보고 있었다.

"아, 완전 좋은 생각이 났어!"

드류가 낄낄거리며 말했다.

"비키니 세차 서비스!"

나는 소지품을 빠른 속도로 챙겨서 밖으로 나와 버렸다. 때때로 유엔에서도 외교관들이 빠져나오는 경우가 있다.

2015년에, 호주 등의 부유한 국가들이 허리케인이나 태풍 등의 기후변화로 인해 벌어진 사건 이후 청소 비용 문제를 정당하게 논의하지 않자 가난한 나라들이 그랬다. 가난한 나라 대표들은 일어서서 바로 걸어 나왔다. 말이 통하지 않는 원숭이들에게 둘러싸여 있거나 배신한 친구가 곁눈질을 하고 있을 때에는 자신만의 원칙을 지킬 필요가 있다.

 복도를 반쯤 걸어갔을 때 뒤에서 이안이 나를 불렀다.

 "미아, 마음 상하게 하려던 것은 아니었어. 영상이 지루하긴 했지만, 그래도 생각해 보니까……."

 나는 이안을 무시하고 도서관으로 향했다. 모두 문맹자나 다름없기 때문에 나를 찾지 못할 것이다. 그리고 내가 없으면 세차 표지판도 못 만들 거야.

 "모두 다 폐렴에나 걸렸으면 좋겠어."

 나는 의자에 털썩 주저앉으면서 중얼거렸다. 그리고 혹시라도 예수님이나 부처님이 들으셨을까 봐 뱉은 말을 바로 취소했다.

 이안은 월요일 밤에 전화를 걸어 회의가 잘못된 방향으로 흘러간 것에 대해 사과했다. 사실 이안은 두 번이나 전화를 했다. 처음에는 이안의 전화를 끊어 버렸지만 두 번째에는 유엔에 들어갈 나의 미래와 용서할 줄 아는 관대함에 대해 생각하며 전화를 받았다. 그래서 이안에게 대답했고 사과를 받아들였다. 이안은 화요일 저녁에 프로젝트를 위해 우리 집에 오기로 했다.

그날은 내 생에 가장 부끄럽고, 민망한 저녁이었다. 아빠가 이상하게 행동했다. 현관 벨이 울리자 아빠는 나를 졸졸 따라왔다.

"안녕."

문을 열자 이안이 웃으며 인사했다.

"어, 안녕."

나도 인사했다.

"안녕, 꼬마 신사. 이안이라고 했지? 만나서 반갑구나."

아빠가 정말 이상하고 묵직한 목소리로 말했다. 꼬마 신사라니! 아빠는 이안과 악수했다.

맙소사! 사회 지도층의 인사하는 법을 한번도 보지 못했나? 그 순간에는 그냥 가볍게 "안녕."이라고 인사하는 것이 적절했다. 접촉 없이 멀리서 반겨 주는 것이 좋았다고! 나는 아메바로 변해 문 밑 틈새로 미끄러져 들어가고 싶었다.

상황은 더욱 악화되었다. 아빠는 주스를 권했고, 내가 마구 눈썹을 치키며 불편한 기색을 내비쳤음에도 불구하고 이안은 좋다고 했다. 아빠는 이안에게 망고 주스를 한 잔 따라 주었다. 이안은 망고를 먹어 본 적이 없다고(어떻게 그럴 수 있지?) 했다. 그리고 이안은 너무 맛있다며 홀짝홀짝 주스를 마셨다. 아빠는 미얀마 이야기를 하기 시작했다. 미얀마에는 망고나무가 자라고 있다. 머리에 바구니를 인 청소년들이 망고를 비롯해 다른 여러 과일을 판다. 아빠는 문제의 심각성을 모른 채 계속해서 이야기를 이어 갔다.

"아빠? 청소년 노동에 대해 말씀하시는 거예요?"

나는 놀란 눈으로 말했다. 변호사인 아빠는 그 문제에 대해 생각하고 말했어야 했다.

"그런데 제일 웃긴 게 뭐였냐면……. 몇 년 전 그곳에 갔을 때, 과일을 파는 거리의 작은 아이들이 모두 핸드폰을 가지고 있었다는 거야!"

아빠는 나를 무시한 채 이안에게 주스를 더 따라 주며 말했다. 그러더니 이내 이맛살을 찌푸리며 나를 쳐다보았다. 아마 그때 나는 기가 막혀서 입을 벌릴 수 있을 만큼 벌렸을 것이다.

"뭐라고요? 미얀마 길거리의 아이들에게도 있는 핸드폰이 아빠의 딸에게는 없고, 그래서 현대 도시에 사는 아빠의 딸이 친구들을 비롯한 많은 사람과 현대적인 소통을 할 수 없다는 말이에요?"

나는 모든 단어에 힘을 주며 말했다. 아빠는 껄껄 웃으며 고개를 저었다.

"네가 경제활동을 하면 핸드폰을 사 줄 수도 있지."

변호사인 아빠는 내가 학업을 중단하고, 바나나를 머리에 이고, 거리를 떠돌아다니는 노동 현장에 투입되기를 바라는 것이다. 마치 그래야 대학교에 진학하고, 유엔에 취업하고, 전쟁으로부터 세계를 구하는 것보다 핸드폰을 받을 자격이 충분하다는 듯이 말이다. 우주는 정말 잔인하고 불공평하다.

나는 마침내 이안을 새롭게 사귄 어른 친구로부터 벗어나게 했다. 내 방이다. 우리는 여기에서 프로젝트를 진행하기로 약속되어 있었다. 손님맞이를 위해 방의 반쪽을 말끔하게 정리해 두었다. 하지만 우리가 망고와 청소년 노동과 핸드폰에 대해 이야기하는 동안 그곳에 난다가 있었다는 사실을 생각하지 못했다. 난다는 더럽고 눈이 하나밖에 없는 곰 인형과 때 묻은 속옷을 내 침대 위에 올려놓았다. 분홍색 속옷이었다. 그것도 보라색 레이스가 달린. 오, 난다! 나는 피가 거꾸로 솟는 듯했다.

다행히 나는 이안보다 한 발 앞서 있었기 때문에 세상에서 가장 불쾌한 팬티를 엉덩이 아래에 숨기기 위해 앞으로 잽싸게 달려가 침대 위로 몸을 던질 수 있었다. 엉덩이가 크면 클수록 더러워진 속옷을 밑에 숨기기 쉽다고 생각 한 건 처음이었다. 사실 그 순간, 나는 엉덩이가 거대해서 속옷과 곰 인형을 다 가릴 수 있었으면 하고 바랐다.

아마도 이안은 나를 우습게 보았을 것이고, 내 모습은 생각했던 것만큼 자연스럽지는 않았을 것이다. 이안은 방 안으로 두어 걸음 걸어 들어오더니, 자기 자신을 어디에 두어야 할지 모르는 듯 느릿느릿 원을 그리며 돌아섰다.

"그냥 아무 데나 앉아. 빨리 해치우자."

내가 말한 "아무 데."는 일반적인 곳을 의미했다. 카펫 위나, 난다의 침대 끝이나, 책상 앞 의자나, 그런 일반적으로 앉는 곳. 그런데 맙소사! 이안은 바로 내 옆에 앉았다. 속옷을 깔고 앉은 바로 내 옆에. 엉덩이 아래에 불쾌한 것을 숨긴 나는 움직일 수가 없었다. 곰 인형은 여전히 교활한 눈빛으로 우리를 쳐다보는 듯했다. 나는 곰 인형을 때리고 싶다는 생각이 들었다. 이안이 다리를 꼬며 좀 더 편안한 자세를 취했다. 그러자 이안의 무릎이 내 무릎에 닿았다. 그 순간, 나는 얼음처럼 얼어붙었다.

이안은 내 쪽으로 몸을 돌렸다. 내 눈에 반쯤 웃고 반쯤 쑥스러워하는 완전 바보 같은 이안의 표정이 들어왔다. 그가 의도적으로 무릎을 닿게 했을 수도 있다는 생각이 들었다. 일부러 그런 거 아냐?

머릿속에서 경고등이 번쩍하고 켜졌다. 핵전쟁 중에 누군가가 핵폭탄을 터뜨리기 위해 카운트다운을 하고 있고, 유엔 협상 대표인 내가 시계를 멈추지 않는 한 10을 센 후에 세계 전멸이 일어날 것 같았다. 나는 제대로 생각할 수 없었다. 다섯…… 넷……. 이안은 몸을 숙이며 내 쪽으로 얼굴을 더 가까이 들이밀었다. 입술에 망고 주스 자국이 남아 있었다. 셋…… 둘…….

"방에서 나가면 바로 화장실이 보일 거야. 그러니까, 혹시 화장실이 어딘지 궁금할 수도 있다는 생각이 들어서 말이야. 그러니까, 손을 씻어야 할 수도 있고. 그러니까……."

내가 말했다. 같은 단어를 여러 번 말하면서도 나는 꽤 침착했다. 이안은 얼굴이 빨개져서는 바로 꼰 다리를 풀고 일어나 방에서 나갔다. 아마 화장실까지 뛰었을지도 모른다.

나는 숨을 깊이 내쉬었다. 이 상황을 더는 생각할 필요가 없었다. 또한, 나는 무슨 일이 일어났거나 거의 일어날 뻔했는지에 대해 결론을 내리지 않을 것이다. 단지 본 대로, 객관적인 유엔 지도자의 방식대로 사실을 받아들이겠다. 엉뚱한 추측이 나올 필요는 없었다.

이안이 보이지 않자 나는 엉덩이 아래의 속옷을 집어서 바구니에 던진 다음 난다의 베개 밑에 곰 인형을 쑤셔 넣으며 한두 번 정도 주먹질을 했다. 이안이 돌아올 무렵 나는 훨씬 더 정상적인 자세로 카펫 위에 앉아 있었다. 나는 공책을 펴 놓고 연필을 깎고 심지어 마지막 대본의 일부도 썼다. 이안은 화장실에 꽤 오랫동안 있었다. 입에 묻은 망고 주스를 닦기 위해서였을 것이다.

모든 상황이 1초밖에 되지 않았지만, 나는 이안이 그 얼빠진 표정으로 내게 다가오던 순간을 떨칠 수가 없었다. 함께 앉아 있던 그 순간이 떠오를 때마다 내 속은 부글거렸다. 그 것은 결코 좋은 의미가 아니었다. 내가 원했던 관계가 전혀 아니었으니까. 나는 속이 부글거릴 뿐만 아니라, 잠자려고 할 때마다 다른 시나리오가 머릿속에 그려졌다. 이를 테면, 난 다가 속옷과 곰 인형을 내 침대 위에 던져서 내 인생을 망치려고 했다는 것을 미리 알았다면, 그러니까 이안이 망고 주스를 마시며 새 친구를 사귀느라 바쁜 침실의 상황을 확인할 수 있었다면, 침대-무릎-굽힘 상황 전체가 일어나지 않았을 것이다. 아니면, 침대 앞에서 난다에게 소리를 지르며 어서 물건을 치우라고 시켰다면 이안이 그 속옷을 보았더라도 내 것이 아니라는 것을 알았을 것이다. 그랬다면 침대-무릎-굽 힘 상황은 일어나지 않았겠지. 그것도 아니면, 이안이 내 쪽으로 몸을 기울였을 때 나는 잠자코 있을 수도 있었다. 그렇다면 나는 이안의 의도를 확실히 알았을 것이고, 아마 엉덩이 아래에 동생의 속옷을 숨기고 화장실 이야기를 하면서 뽀뽀의 기회를 놓친 우주 유일한 열네 살 여자애가 되지는 않았을 것이다.

마지막 시나리오는 내 속을 더 부글거리게 했고, 나는 곰인형에 붙어 있는 세균 때문에 위장 장애가 생긴 것은 아닌지 고민하며 더욱 오래 깨어 있었다.

마침내 수요일 아침이 되었고, 나는 여전히 혼란스러운 상태로 잠이 덜 깬 채 학교에 도착했다. 클레오와 조조가 함께 서 있었다. 가슴이 나오고 표범 무늬 핸드폰 케이스를 가진, 입술에 뭔가를 바른 둘을 보니 해답을 가지고 있을지도 모른다는 생각이 들었다.

"나를 좀 도와줘야겠어."

내가 말하자 클레오와 조조는 웃으면서 똑바로 앉았다. 둘이 나를 정면으로 쳐다보았다.

"어제 숙제를 하러 이안이 우리 집에 왔어."

내가 말했다.

"숙제라…… 내가 들은 건 그게 아닌데……?"

클레오가 말했다. 말끝에는 물음표가 있었다.

"뭘 들었는데?"

나는 이안이 클레오에게 어제 일을 말했을 거라고는 생각하지 않았다. 하지만 드류에게라면 말했을 수도 있겠지. 그리고 드류가 클레오에게 말했을 거야. 그래서 클레오와 조조가 웃으며 나를 쳐다본 게 아닐까?

"아무 일도 없었어!"

내가 소리쳤다.

클레오와 조조는 낄낄거리던 웃음을 멈췄다. 클레오는 눈이 휘둥그레진 채 나에게 바짝 다가와 귓속말로 속삭였다.

"이안이 뭔가를 하려고 했어?"

나는 무슨 일이 있었는지 말하려고 했다. 그런데 클레오와 조조 앞에 서자 립글로스를 바르지 않은, 아주 어이없는 존재로 느껴졌다. 무슨 말을 할 수 있을까. 이안이 뽀뽀를 하려다가 화장실로 뛰어가 버렸다는 것? 나는 이안과 뽀뽀하고 싶은 마음이 전혀 없었다는 말?

"이안이 뽀뽀하려고 했어?"

클레오가 다시 물었다.

"응…… 그랬어."

클레오와 조조가 꺅꺅거렸다.

"그런데 정말 이상했다니까. 뽀뽀를 할 그런 상황이 아니었다고!"

클레오와 조조는 계속해서 꽥꽥거렸다. 그냥 웃겨서 그러는 건지 비웃는 건지 도통 구분할 수가 없었다.

"입술에 망고 주스를 묻히고 있었단 말이야."

내가 소리를 질렀다. 조조는 배를 잡고 웃어 댔다. 클레오는 웃다가 갑자기 얼굴이 싸해지더니 내 뒤에 서 있는 누군가를 쳐다보았다. 돌아보니 이안이었다. 당연히 이안은 우리의 모든 대화를 들어 버렸다. 이안의 얼굴은 위니 이모가 만든 토마토 요리처럼 새빨간색이 되었다. 이안은 우리를 지나쳐 교실로 들어갔다. 나와 눈을 전혀 마주치지 않은 채로. 우리 셋은 거의 똑같은 표정으로 이안의 뒷모습을 바라보았다.

"이래서 문자 메시지가 필요한 거야."

클레오가 말했다.

"비밀 공개와 유지에 필수적이지."

"나에게는 핸드폰이 없잖아!"

이안은 고개를 돌려 나를 노려보았다. 선생님이 교실에서 우리를 쳐다보며 외쳤다.

"거기 셋! 교실로 들어오긴 들어올 거니?"

의도적인 모른 척과 빈정거림. 선생님은 대학교에서 얼마나 많은 것을 배우고 온 걸까. 그 순간 나는 우주에서 가장 불행한 사람이었고, 영어 수업이 시작된 후 마르틴손 선생님은 오늘 수업은 파트너와 함께 프로젝트를 진행하라고 말했다.

"짝과 함께 하는 짝짜꿍 시간이지."

선생님은 말장난을 쳤지만, 하나도 웃기지 않았다.

이안과 나는 복도에서 마주쳤다. 우리 사이에 크게 쩍쩍 갈라진 틈이 있는 듯했다. 이안은 말없이 서류를 건네었다. 보아하니 만화를 좀 더 만들었고 대본에 많은 내용을 추가했다.

"와, 정말 멋지다."

나는 만화 컷과 대본을 훑어보며 말했다.

분명한 문제들이 있었지만, 장차 외교관이 되고 싶은 나는 지금은 그걸 해결할 적절한 때가 아님을 알고 있었다. 내가 힐끗 고개를 들자 이안은 팔짱을 낀 채 나를 노려보았다. 나는 얼굴이 벌겋게 달아오르는 것을 느꼈다. 그래서 화가 났다.

"야, 애들에게 얘기한 건 나뿐만이 아니잖아."

이안은 계속 나를 노려보았다.

"나는 그 말을 꺼낼 생각이 없었어. 클레오가 물어봤단 말이야. 클레오는 뭔가 알고 있었던 게 분명했다고. 네가 누군가에게 하려던 어떤 일에 대해 말한 거 아니야?"

다른 교실에서 수학 수업을 하고 있던 카푸어 선생님이 문을 열고 우리를 바라보았다가, 다시 문을 닫았다. 이안은 여전히 나를 노려보고 있었다. 나는 씩씩거렸다.

"너에게 뽀뽀하려고 했던 거 아니야."

이안이 속삭였다.

"오, 그래?"

"그래!"

"알겠어!"

나는 모든 상황을 오해했을지도 모르겠다는 생각이 들었다. 정말로 이안은 나에게 뽀뽀하려고 하지 않았을까? 나는 남은 시간 동안 공이 되어 정처 없이 굴러다니는 상상을 했다.

"너와 이 프로젝트를 함께 끝낼 거야. 하지만 이제 너와 나는 친구가 아니야."

이안이 말했다.

"알겠어."

이안은 말을 이어 갔다.

"의미 있는 모임을 이끌고, 동생을 돌보고, 너는 좀 다르다고 생각했어."

"나는 좀 달라!"

나는 두려움을 느끼며 눈을 질끈 감았다. 내가 유엔 활동을 하는 동안 절대, 무조건 일어나서는 안 될 일이었다. 배신자가 된 나의 목은 잠겨 버렸다. 내가 얼마나 다른 사람인지 설명하고 싶었지만 목소리가 나오지 않았다. 나는 핸드폰도 없고, 립글로스도 바르지 않는다! 내가 얼마나 더 다를 수 있을까? 다른 사람이긴 할까?

이안은 "뒤에서 남의 말을 하는 사람에게 뽀뽀할 이유는 전혀 없어."라고 말했다. 그 말은 나에게 뽀뽀할 생각이 있기는 했던 것으로 들렸다. 이안은 내가 무슨 말이라도 하기를 기다리는 눈치였지만 머릿속에 민망한 생각들이 소용돌이치고 있었던 나는 대꾸하지 않았다.

"절대로!"

이안이 강조했다. 나는 다른 방법을 택했다. 돌아서서 심호흡을 하고, 종이만 들여다보기로 했다.

시간이 조금 흐른 후에 가까스로 고개를 들어 이안의 뒷모습을 바라보았다. 이안은 만화를 더 그리고 있었다.

"연필깎이가 필요하면 빌려줄까?"

"아니."

만약 이안이 그래, 라고 했다면, 상황은 조금 달라졌을지도 모른다. 하지만 그러지 않았고, 여전히 나에 대해 잘못 알고 있었다. 모든 상황이 확실히, 완전히 내 잘못은 아니었는데도 불구하고 최악이나 다름없었다. 나는 이안이 쓴 대본을 일부 고쳤고(이안이 고칠 수 있는 것보다 더 잘), 이안의 그림을 수정했고(이안이 그릴 수 있는 것보다 더 잘), 우리의 끔찍한 프로젝트가 완전히 끝날 때까지 얼마나 남았나 날짜를 세어 보았다. 일주일이 남았다.

평범한 사람이라면 이안과 껄끄러운 시간을 보낸 후에 잠자리에 들어 이불을 머리끝까지 당겨 덮고 여러 가지 생각에 잠겼을 것이다. 특히 나처럼 목요일 저녁 식사 후에 배가 아픈 경우라면 더더욱 그랬을 것이다. 하지만 평균 이상의 책임감을 가진, 지성을 겸비한 사람으로 한 소년이 내 인생을 망치게 내버려 두고 싶지 않았다.

나는 거실에 있는 컴퓨터 앞에 앉아서 앞으로의 사청회 회의를 위한 문제들에 대해 연구하기 시작했다. 클레오는 이제 전혀 도움이 되지 않아 이 모임의 생존은 나에게 달려 있었다.

아빠와 난다는 축구 연습을 하러 나가려는지 방에서 나왔다.

"또 컴퓨터 하는 거야? 가끔 집으로 친구를 초대하는 게 어때?"

아빠가 말했다.

"저에게 핸드폰이 있었다면 친구들에게 놀러 오라고 문자 메시지를 보낼 수 있었겠죠. 하지만 제게는 핸드폰이 없어서 사청회를 위한 주제를 찾아야만 해요."

아빠는 코웃음을 쳤다.

"콩고의 코발트 광산을 검색해 봐."

그리고 그 검색어를 입력하기도 전에 아빠가 내 어깨에 손을 얹으며 물었다.

"오늘 엄마한테 이메일 받았니?"

"아니요. 오늘은 안 왔어요."

그게 왜 궁금한지 물어보려 했는데 아빠와 난다는 이미 문밖으로 나가고 있었고, 내가 검색한 결과도 떴다.

우와, 나의 뇌는 거의 폭발할 뻔(좋지 않은 쪽으로)했다. 콩고에서 수많은 사람이 광산 사고로 목숨을 잃었다. 게다가 내전이 일어났고, 사람들은 굶주렸다. 청소년들은 군대식으로 훈련을 받고 있었다. 모두 코발트라는 광물 때문이었다. 이제 그것은 '코발트, 청소년들의 인생을 망친 광물'로 기억될 것이다. 그리고 11월 9일 목요일은 '미아의 행복했던, 무지의 삶'이 영원히 끝나는 날로 기록되었다. 나는 사람들이 왜 무지가 행복이라고 말하는지 문득 이해할 수 있었다. 하지만 세계의 미래와 다른 사람들의 삶에 관심을 가지고 있는 나는 사청회의 수장이기도 했기에 높은 도덕적 기준을 가질 수밖에 없었다. 나는 이 문제를 주제로 삼기로 했다.

'핸드폰과 코발트.'

인터넷 정보에 따르면 코발트는 전자부품을 만드는 데 사용되는 광물이었다. 모든 대기업이 이것을 필요로 했고, 그러다 보니 코발트 채굴을 위해 청소년의 노동력을 사용하며 전쟁이 일어난 콩고처럼 불안정한 국가로부터도 구입했다. 나는 거실 바닥이 흔들리는 느낌을 받았다. 이것은 역대 최악의 뉴스였다. 내 모든 꿈이 끝나는 순간이었다.

나는 또 하나의 절망적인 상황을 마주해야 했다. 컴퓨터 의자에서 일어났을 때, 낯선 느낌을 받았다. 뒤를 돌아보니 의자 위에 아주 작은, 축축하고 빨간 흔적이 있었다. 배가 아프기 시작했다. 확인하기 위해 화장실로 달려갔다. 맞다! 난다는 이제 정강이를 보호하기 위해 진짜 보호대를 사용해야 할 것이다. 엄마의 상자 속에 있는 것들은 나에게 절실히 필요하게 되었다.

이런 일들을 정리하기 위해 화장실과 내 침실을 왔다 갔다 하는 데 꽤 오래 걸렸다. 우선 방에서 깨끗한 새 속옷을 꺼내서 화장실에 가서 갈아입어야 했다. 상자에서 그것을 꺼내어 붙여야 했고, 다시 방으로 가서 옷을 갈아입고, 화장실에 와서 얼룩진 속옷이 화장지로 덮은 휴지통에 잘 가려졌는지 확인해야 했다.

모든 상황이 너무 힘들었다. 이안과의 싸움, 코발트에 대해 안 것, 그리고 결국 터져 버린 생리까지. 이 표현을 지금 이 순간 단 한 번만 하고 싶다. 다시는 이렇게 표현하지 않을 것이다. 나는 곧장 침대로 가서 누웠다. 난다가 돌아와 아프냐고 물었지만 나는 대답하지 않고 자는 척을 했다.

여선히 배가 아팠지만 금요일 아침에는 일찍 학교에 갔다. 그리고 클레오를 만나자마자 따지듯 말했다.

"사청회 이야기 좀 할까?"

클레오는 핸드폰에서 눈을 떼지 않은 채로 신음 소리를 냈다.

"뭐하는 거야?"

"유니콘 달리기 게임."

아니나 다를까, 클레오의 핸드폰 화면에는 작은 핑크색 유니콘이 나무 사이를 피하고 넘어진 통나무를 넘어서 힘차게 달리고 있었다. 터키석 색깔의 유니콘이 클레오의 핑크색 유니콘 뒤를 바짝 따라갔다. 핑크색 유니콘이 열린 들판에 다다르자 터키석 색 유니콘이 옆을 재빠르게 지나갔다.

"안돼애애애애애!"

핑크색 유니콘이 2위를 유지하며 질주해 결승선을 통과하자, 클레오는 "벌써 2회 연속 우승이야!"라고 외쳤다.

"누군데?"

"조조!"

클레오는 조조가 터키석 색깔의 유니콘인 것이 분명해야 한다는 듯이 소리를 질렀다.

"조조는 어디에 있는데?"

"집에 있어. 머리가 아프대."

비디오 게임이 최고의 두통 치료제라고 확신할 수는 없었지만, 나는 완전한 사회적 바보가 아니었기 때문에 아무 말도 하지 않았다. 게다가 클레오가 유니콘을 어떻게 꾸미는지를 보여 주었기 때문에 화면에 집중해야 했다.

"그래서……."

클레오가 드디어 말을 했다.

"무슨 얘기를 하려고 했어?"

"사청회 말이야. 회의 아이디어는 있는데 마음에 들지 모르겠네."

그때 클레오의 핸드폰이 울렸다.

"드류가 체육관에 있는데, 수업 전에 점프 슛을 보여 주고 싶대. 뭐, 어떤 주제든 괜찮아!"

클레오는 이렇게 말하고 서둘러 복도를 내려갔다. 그 애에게 점프 슛은 청소년 노동보다 훨씬 중요하고, 흥미로운 볼거리일 것이다. 코발트에 대해 말하면 클레오의 기분은 급격히 나빠지겠지.

이안이 나와 말을 하지 않으므로 발표 준비를 어디까지 했는지 도통 알 수 없었다. 처음에 마르틴손 선생님이 파트너를 정해 주었을 때, 나는 완전히 새로운 프로젝트 대본을 만들고자 했다. 이안은 생각했던 것보다 훨씬 유용했다. 그래서 지금은 이중 작업이 어려워졌다.

토요일 저녁에 모든 자료를 식탁 위에 펼치고 정리를 해 보기 시작했다. 나와 이안이 완성할 프로젝트 발표 준비 자료는 세 쪽에 달하는 서면보고서와 대본의 사본, 그리고 만화 컷으로 만들어진 자료로 구성되어 있다. 우리는 학급 발표회를 위해 각자에게 할당된 대본을 읽을 것이다. 그사이에 이안은 만화 컷 몇 장면을 보여 준다. 화면에서는 요점이 슬라이드 쇼로 흘러간다. 많은 슬라이드 쇼가 이안의 말풍선으로 채워졌다. 그것은 문자 메시지 화면처럼 보일 것이다. 아직 완벽하게 편집하지는 않았지만 꽤 괜찮다.

어떤 사람들은 문자 메시지가 두뇌의 작동 방식을 바꾼다고 생각합니다.

문자 메시지는 빠르고 추적하기 어렵습니다. 그래서 사람들은 시위를 조직하고 심지어 정부에 항의하기 위해 그것을 사용해 왔습니다. #이집트 #아랍의봄

이용료가 싸기 때문에, 아프리카의 가난한 사람들도 문자 메시지를 통해 온라인 강의를 들을 수 있게 되었습니다.

문자 메시지는 주의를 분산시킵니다. 운전할 때나 걸을 때 사용한다면 문제가 됩니다.

이안의 만화 컷이 나오는 게 바로 이 부분이다. 결론에 대한 마무리를 하고 있을 때, 부엌에서 아빠가 전화하는 소리를 들었다. 아주 은밀한 목소리로 통화를 하고 있었다. 통화 내용이 궁금해 슬그머니 그쪽으로 다가갔다.

"수요일 이후로는 안 되고……."

아빠가 중얼거렸다.

"음, 그때가 좋겠군요."

아빠는 잠시 침묵했다가 이어서 말했다.

"모든 것이 재정비되는 데 얼마나 걸릴지 누가 알겠어요? 그곳은 미얀마잖아요."

아빠의 목소리가 잠시 높아졌다가 다시 낮아졌다.

"친척들에게 연락을 한번……. 아, 물론이죠. 바로 알려드릴게요."

평상시 같으면 통화를 엿듣지 않은 척했을 것이다. 하지만 심각한 내용인 듯싶었고, 내게도 중요한 일일 거라고 느껴졌다. 아빠가 전화를 끊자마자, 나는 아빠 곁으로 다가갔다.

"엄마가 연락이 안 돼요?"

아빠가 수요일부터 엄마 소식을 듣지 못했다면, 엄마는 사흘 동안이나 사라진 상태라는 말이다. 지금 한가로이 누군가에게 그 사실을 조용하고 은밀하게 알리고 있을 때인가.

"엄마는 사라지지 않았어."

아빠가 재빨리 대답했다.

"하지만 아빠도 소식을 모르시는 거잖아요."

"폭풍이 불어서 전화선이 끊어졌대."

"폭풍이요?"

"정확히 말하자면 태풍이지, 그건……."

"태풍이라니요!"

엄마가 태풍을 맞았는데 숨기고 있었던 거야?

"태풍이 뭐예요?"

난다가 다가와 나와 아빠를 번갈아 쳐다보며 물었다.

"센 바람이야."

아빠가 말했다.

"엄청나게 센 바람이지."

내가 말했다.

"허리케인 같은 거?"

난다가 물었다.

"아니, 그렇게 무시무시한 건 아니야. 우리가 경험해 본 적 있는 그런 종류의 강한 바람이야."

아빠가 대답했다.

"오늘 저녁은 피자를 사 줘요? 태풍 때문에 전기가 나갔다고 여기고 손전등으로 피자를 밝히며 먹어 보고 싶어요."

난다가 말했다.

"그건⋯⋯."

나는 엄마가 실종된 마당에 그런 놀이를 하는 건 정말 잘못이라고 말하려고 했다. 하지만 그러기도 전에 아빠가 먼저 대답했다.

"그거 좋은 생각인데!"

아빠는 나를 바라보았다. 나는 별다른 이유 없이 입을 다

문 채 아빠를 노려보았다. 가족 중에 한 명이 사라졌다면 다른 가족들은 그 사실과 사연에 대해 자세히 알 권리가 있지 않은가!

스케이드보드를 가진 이후로 난다는 단골 놀이 장소인 길거리로 달려 나갈 때마다 현관문을 쾅 하고 닫았다. 이 중요한 순간에도 그랬다. 쾅!

"정확한 사실을 확인하지 않고 난다를 걱정시키고 싶지 않아. 엄마는 사라지지 않았어. 그저 전화선이 불통이라 연락을 하지 못했을 뿐이야. 곧 소식을 들을 수 있다고."

아빠가 말했다.

"우리가……"

내가 말을 더 하려고 하는 순간 전화벨이 울렸다. 전화한 사람이 엄마였다면 얼마나 좋을까. 하지만 아빠의 반응을 보니 아니었다.

"내일이요? 물론이죠. 미아에게 말할게요. 미아는 아이들과 함께 보낸 시간이 즐겁다고 했답니다."

아빠의 통화 내용을 듣고 순간 나는 얼음이 되었다. 누가 전화했는지 알겠다! 샌더스 아주머니였다!

나는 아빠 앞에 서서 팔을 흔들고, 손으로 내 목을 조르는 동작을 했다. 약속하지 말라는 신호를 보내기 위해 죽는 시능을 했다. 하지만 아빠는 아랑곳하지 않는 표정이었다.

"달력에 아무것도 표시해 두지 않았네요. 괜찮을 거예요."

"아빠!"

나는 아빠가 전화를 끊자마자 소리 질렀다.

"지난 번에 잘 하고 왔잖니. 나는 네가 저축을 하고 있는 줄 알았는데?"

그럼 내가 뭐라고 했어야 할까? 모든 것이 엉망이었고, 샌더스 소년들은 사이코패스나 다름없다고 말했어야 했을까? 아빠가 이미 모든 것을 결정했다. 아빠의 세계에서 결정을 했으면 그냥 해야 한다.

"난다를 돌보는 데 제 도움이 더 필요할 것 같아서요."

나는 작은 목소리로 말했다.

"내가 충분히 잘하고 있어."

아빠가 말했다.

"엄마가 언제 돌아올 지 모르니까, 아빠가 해야 할 일이 더 많아질 수도 있어요. 적십자사에 전화하는 거 잊으셨죠? 그리고 실종 관련 포스터를 만들어야 할 수도 있고요."

"엄마는 실종되지 않았어. 너무 극단적이다, 너."

"아빠가 그런 상황을 처리하는 동안 내가 난다를 돌봐야 하니까."

"할 말 다 한 거지? 이제 피자 주문한다?"

그게 다였다. 시야가 흐려졌다. 페퍼로니 피자가 올 것이고, 모든 상황은 종료되었다.

수신 : p.lwyn@hotmail.com

발신 : myamyapapaya1@gmail.com

제목 : 실종

안녕, 엄마.

아빠는 엄마가 실종되지 않았대요. 하지만 전기도 인터넷도 연결되지 않는 상황에 있는 엄마라니……, 실종이나 다름없다는 생각이 들어요. 거의 같은 상황 아닌가요?

21세기에, 전화도 인터넷도 핸드폰도 먹통이라니, 지구에서 사라진 것이나 마찬가진데!

빠른 시일 내에 모든 게 복구되었으면 좋겠어요. 해결되자마자 첫 비행기를 끊어서 당장 집으로 돌아와요! 그곳은 너무 위험해!

혹시 출국길에 로힝야족 청소년들을 데려올 수 있나요? 내가 아래층 침실로 옮기고, 난다는 위니 이모랑 지내면 어때요? 필요하다면 몇 달 동안이라도 로힝야 가족 전체가 위층을 써도 괜찮을 것 같아요.

(아빠는 이것이 불법이고 비합리적이라고 하지만, 또 아빠는 이

미 구호 기관에 돈을 기부하셨지만, 개인적으로 저는 직접적인 행동이 가장 효과적일 것이라 생각해요.)

너무 너무 그리워요. 미아 올림

태어나서 만나본 가장 사악하고, 통제 불능인 샌더스 소년들! 다시는 아이들을 돌보는 일을 하지 않을 것이라고 다짐했는데……. (그리고 이안의 일까지 터진 이후라 나는 정말 예민했다.)

일요일 오후, 세계 최고로 저렴한 몸값의 보모인 나는 샌더스 아주머니네 집 앞에 서 있었다. 딩동. 나는 약간 상기된 얼굴의 샌더스 아주머니와 얼굴을 마주했다. 아주머니는 어디로 가고 언제 돌아오는지 묻기도 전에 뛰쳐나갔다. 하지만 괜찮았다. 이번에는 더 잘해 보기로 결심했으니까.

"자, 뭐부터 할까?"

나는 크게 미소를 지어 보였다. 인내심을 유지하고, 필요하면 확고한 목소리를 사용할 것이다. 무고한 아이들을 영원히 지옥으로 인도하고 위협하는 일을 삼가기로 했다.

두 아이는 서로를 바라보았다. 미소를 띤 같은 얼굴로 나를 바라보았다. 해맑은 미소를 보니 얼었던 마음이 살짝 녹

아내렸다.

"숨바꼭질!"

아이들이 말했다. 좋은 생각이었다. 내가 먼저 열을 셀 동안 아이들은 숨었다. 나는 소리를 내어 숫자를 세고 나서 아이들을 찾았다. 계속 내가 술래를 했다.

샌더스 소년들이 이번에는 눈을 가리고 열을 세라고 주문했다. 별문제 없었다. 나는 아이들에게 숨을 시간을 더 주기 위해 아주 천천히 열을 세었다. 시간이 적당히 흘렀을 때 아이들을 찾았다. 아이들은 숨는 데 참 서툴렀다. 아마 이런 놀이를 자주 해 보지 않아서일 것이다. 어느덧 3시가 되었다. 아이들은 나에게 눈을 가리고 의자에 묶인 채로 열을 세라고 했다. 나는 고개를 저었다.

"몸이 묶여 있는데 어떻게 너희들을 찾니?"

"엄청 느슨하게 묶을 건데 뭐."

데미안이 말했다.

"탈출 게임이 더해지는 거지! 금방 풀고 우리를 찾을 수 있을 거야!"

대니가 말했다.

"탈출 게임에 대한 책을 읽었는데 정말 재미있어 보였어."

데미안이 웃으며 말했다.

나는 여전히 망설였다. 망설이는 나를 본 대니와 데미안은 먼저 술래를 한다고 했다. 대니는 데미안을 의자에 가볍게 묶은 다음 눈을 가렸다. 데미안이 탈출하며 열을 세는 동안 우리 둘은 숨었다. 그다음은 대니 차례였다. 대니는 쉽게 탈출해서 우리를 금방 찾았다. 대니와 데미안은 너무나 재미있어 했다.

아이들이 차례로 탈출 술래를 했는데, 내가 하지 않을 수 있을까. 특히 오늘처럼 말을 잘 듣고 있을 때, 그리고 재미있는 보모가 되고 싶은 나의 꿈이 실현되는 순간에 말이다. 제발 미아 누나를 데리고 오라고 엄마에게 보채는 아이들. 교대 시간마다 추가 수당을 받는 사람. 나는 그런 상상을 하며 의자에 앉았다. 아이들은 나를 의자에 묶은 다음 눈을 가렸다.

이 아이들이 나를 너무 꽉 묶는 생각이 들었지만, 그때만 해도 양쪽 손에 매듭이 하나씩 있었기 때문에 크게 걱정하지 않았다. 하지만 그 작은 괴물들은 생각보다 힘이 셌다. "탈출을 시작하겠습니다."라고 말하기도 전에, 나는 영원히 의자에 묶이고 말았다. 아이들이 나에게 침을 뱉고 나를 들어 불구덩이 속에 던져 버릴지도 모른다는 두려움이 점점 커져 갔다.

물론 이 모든 게 아이들의 계획이었다. 숨바꼭질을 하자고 한 건 그저 나를 의자에 묶기 위한 음모였다. 내가 무력해지자마자 아이들은 부엌으로 도망쳤다. 고개를 흔들어 눈가리개를 벗자, 아이들은 가장 높은 선반 위에 올라가고, 찬장을 흔들고, 설탕과 핫초코 파우더와 초콜릿 칩으로 물약을 만드는 장면이 나타났다. 느린 화면으로 보는 재난의 현장이었다. 나는 초콜릿 쓰나미가 집을 삼키는 것을 실제로 보았다. 그만하라고 소리만 칠 수 있을 뿐 의자에 묶인 채 아무것도 할 수 없었다.

나는 손목이 타들어 가는 느낌을 받으며 밧줄을 잡아당기고, 다시 대니와 데미안에게 소리를 지르고, 의자를 부숴 보려고 발버둥을 치기도 했다. 샌더스 아주머니가 장애가 생긴 보모와 초콜릿으로 뒤덮인 집을 보는 것보다 부순 의자에 대해 보상해 주는 것이 낫다는 생각이 들었다. 하지만 아무런 효과가 없었고, 나는 땀투성이에 새빨개진 얼굴로 무기력하게 대니와 데미안을 바라보았다.

그때 초인종이 울렸다. 데미안이 쏜살같이 부엌에서 튀어나왔다. 데미안의 머리카락과 얼굴은 온통 초콜릿으로 까매져 있었고, 손은 마치 진흙에 넣었다가 뺀 모양새였다.

"절대 문 열어 주지 마."

나는 단호하게 말했다.

인정한다. 나는 정말로 화가 나 있었다. 확실히 구원의 손길이 필요했고, 누군가가 나를 구해 주기를 바라기도 했다. 하지만 제대로 된 교육을 받은 보모는 움직일 수 없을 때 아이들이 낯선 사람을 만나게 해서는 안 된다. 당연하게도 데미안은 내 말을 무시했고, 누구냐고 묻지도 않고 문을 열었다.

아, 그곳에 있지 않아야 할 사람이 서 있었다. 이안이었다. 이안은 남동생과 함께 현관문 앞에 서 있었다. 이안의 동생 에이든은 샌더스 괴물들과 친구였다. 에이든이 비디오 게임을 하고 싶어 해서 이안이 데려다준 것이다.

온 우주를 통틀어 나는 가장 불행한 사람일 것이다. 전생에 어마어마한 잘못을 했기 때문에 지금 이런 대가를 치르고 있는 것이 분명했다.

"여기서 뭐해?"

이안이 물었다. 왜 그렇게 묶여 있냐고 먼저 묻지 않아서 다행이었다.

"아이들을 돌보고 있었어."

나는 작은 목소리로 대답했다.

"숨바꼭질을 하고 있었지!"

데미안이 말했다.

"탈출 놀이도 함께 하다 보니까……."

내가 덧붙여 말했다. 어떻게든 이 상황을 설명하고 싶었다.

최대한 자연스럽게 이 놀이를 즐기고 있다는 표정을 지어 보였다. 최대한.

"어쨌든 나 좀 풀어 줘."

"음. 나중에 풀어 줘!"

대니가 말했다. 이안은 에이든을 부엌으로 잡아끌었다.

"마법의 약을 만들었어. 보여 줄게."

이안은 웃으며 나를 풀어 주었다.

"어쩌다가……."

"아무 말도 하고 싶지 않아."

이안은 귓속말로 말했다.

"왜 하필 재들을 돌보기로 한 거야? 쟤넨 미치광이야. 샌더스 아주머니가 애들 좀 봐 달라고 여러 번 사정했는데도 나는 늘 핑계를 대며 거절했어."

나는 얼얼한 손목을 만지며 이안을 노려보았다.

"이게 다 너 때문이야!"

"맙소사. 왜 나 때문이지?"

"네가 말한 그 다양한 갈래의 전략 때문이라고."

이안은 정말 이해할 수 없다는 표정을 지었다.

"그러니까, 핸드폰을 가지기 위해 아빠를 설득해야 했어. 그래서 나는 내가 책임감 있고 믿을 만한 사람임을 증명하고, 어느 정도 비용을 부담할 가치가 있다는 것을 보여 줘야 했어. 한번 애들을 맡았다가 너무 끔찍해서 다시는 안 하려고 했는데 사정을 모르는 아빠가 샌더스 아주머니의 부탁을 받아들여 버렸어."

"왜 하필 다른 아이를 돌보는 일이야? 난다를 돌보면 되잖아?"

"왜냐하면 아빠가 동생을 돌보는 일은 언니로서 해야 할 일이고, 수고비를 주지 않는다고 했으니까! 시간당 5달러라고 했는데도!"

그때 샌더스 악마들이 유리그릇을 부엌 바닥에 떨어뜨렸고, 와장창 소리가 났다. 이안은 대니와 데미안이 난다보다 훨씬 구제 불능이고 돈을 번다고 해도 정말이지 가치가 없는 일이라는 말을 삼갔다. 또 그 참담한 뽀뽀 사건에 대한 언급도 하지 않았다. 그래서 나는 이안이 그릇을 치우겠다고 해서 그러라고 했다.

샌더스 아주머니가 돌아오기 몇 분 전에 이안은 동생을 데리고 집으로 돌아갔다.

"어떻게 보냈어?"

샌더스 아주머니가 밝게 웃으며 거실을 둘러보았다. 밧줄이 의자 옆에 떨어져 있는 것 말고는 거실 정리가 꽤 잘 되어있었다.

"너무 재밌었어!"

데미안과 대니가 내 뒤에서 말했다. 아마도 천사의 탈을 쓴 채 웃고 있겠지. 나는 샌더스 아주머니가 지갑에서 10달러를 꺼내는 동안 최대한 침착하게 서서 웃고 있었다.

"다음 주에 또?"

아주머니가 물었다. 하지만 나는 이미 그 집을 나서고 있었고, 다시는, 절대로, 죽어도 이 집에 오는 일은 없을 거라고 속으로 결심하며 빠르게 걸음을 옮겼다.

두 괴물, 두 악마, 두 사악한 영혼과 사투를 벌이던 나를 구해 준 이안. 이 기억을 떠올릴 때마다 나는 화가 치밀 것이다!

작은 발걸음

■

월요일 아침, 이안이 나에게 여러 색깔의 포스트잇을 건네
었다.

"대본 준비할 때 필요할 것 같아서."

나라면 화해의 표시로 포스트잇을 준비했을 것 같지는 않
지만 고마워하며 받았다.

"고마워, 그리고 또 고마워. 그…… 의자…… 그것 말이야."

"언제든지 도와줄게."

이안이 말했다.

"뭐, 앞으로 그런 도움은 절대 필요 없을 거야. 왜냐하면
나는 절대로, 다시는, 그 두 괴물을 돌보지 않을 거거든!"

이안이 소리 내어 웃었다. 헉, 웃는 모습이 놀랄 만큼 멋있
고, 예뻤다. 나는 숨을 크게 내쉬었다.

"그리고 조조와 클레오 앞에서 한 말 사과할게. 정말 나는
그런 의미가……."

말을 더 이을 수가 없었다. 갑자기 목이 잠겼다. 얼굴이 6억
도만큼 타오르고 빨개져서 터질 것만 같았다. 이안의 얼굴도

살짝 빨개졌다. 그 모습을 보니 기분이 조금 나아졌다.

"괜찮아."

이안이 미소를 띠며 말했다.

나는 이안에게 점심시간에 사청회 회의가 있다고 다시 한 번 알려 주었다. 마음이 편해졌다.

회의는 꽤 순조롭게 진행되었다. 참석률도 좋았다. 이안은 맨 앞줄에 앉았다. 클레오와 드류도 왔다. 또 다른 12명의 멤버들이 왔고, 대부분 진지하게 회의 내용을 들었다.

나는 청소년 노동자들의 사진을 멤버들이 볼 수 있도록 전달했다. 또 나에게는 핸드폰 기업 대표들의 주소 리스트가 있었다. 심지어 우리가 편지를 다 쓴 후에 아이디어를 자유롭게 이야기 나눌 수 있도록 마르틴손 선생님께 플립 차트를 사용할 수 있는 허락을 받아 왔다.

"이 모든 회사들은 핸드폰과 노트북의 충전용 배터리에 들어가는 코발트를 구입하고 있어. 세계 코발트의 절반은 4만 명의 청소년들이 일하는 콩고의 광산에서 나와."

"누가 그래?"

드류가 물었다.

"유니세프. 청소년들은 하루 종일 지하에서 일하고, 말도 안 되는 대우를 받고 있어."

여기저기서 수군거리는 소리가 들려왔다.

"먼저 편지를 쓰고, 더 강력한 항의 아이디어를 수집하기 위해 브레인스토밍 작업을 할 거야. 만약 우리들 중 누군가가 도덕적인 선택을 위해 핸드폰을 포기하는 결정을 한다면 그것에 대해 쓰는 것도 좋지."

드류가 코웃음을 쳤다.

"핸드폰을 포기하는 사람은 없어."

"포기하는 사람이 있을 수도 있지."

이안이 말했다.

"너처럼 암흑시대에서 살고 싶은 사람이라면 그럴지도 모르지."

드류가 이안의 어깨를 치기 위해 몸을 앞으로 숙였다. 분명히 이안은 또 다른 '영원히 핸드폰이 없을지도 모르는 사람들의 모임'의 회원이다. 세계, 특히 콩고에 긍정적인 영향을 끼치고 있다.

"이제 글을 써야 하니까 모두 조용히 합시다."

나는 회의가 레슬링 시합으로 바뀌기 전에 말했다. 드류는 또 코웃음을 쳤다.

"네가 쓰라는 대로 쓰라고?"

나는 드류를 노려보고, 그다음으로 클레오를 쳐다보았다. 드류를 데리고 올 거였으면 통제하는 방법을 찾았어야 했다. 클레오는 어깨를 으쓱했다.

　"일리는 있어. 양쪽 말을 다 듣는 것이 공평하지."

　클레오가 말했다.

　그것은 마치 한 석유 회사가 우리에게 반 기후 변화 '사실'에 귀를 기울이라고 제안한 것과 같았다. 클레오는 양쪽의 말을 듣고 싶어 했다. 클레오는 분홍색 유니콘을 지키고 싶은 것이다!

　"좋아."

　나는 드류를 쳐다보며 말했다.

　"핸드폰을 포기한다는 발언은 극단적으로 보여. 그리고 아프리카 청소년들이 광산에서 일하는 게 그렇게 심각한 일인가?"

　드류가 말했다.

　"미아!"

　클레오가 문제는 너라는 표정으로 나를 불렀다.

　"편지 쓰기 자체가 문제되는 건 아니야."

　이안이 말했다. 공정하게 느껴지는 발언이었다.

　"그건 그렇지."

드류가 말했다. 마치 매우 중립적이라는 태도로.

"하지만 나는 우리가 편지에 각각의 의견을 담아야 하고, 핸드폰을 포기하겠다는 식의 위협적인 발언을 하는 건 불필요하다고 생각해."

또다시 수군대는 소리가 들렸다. 몇 명은 고개를 끄덕였고, 한 명은 노트를 이미 가방에 넣고 있었다. 이들은 곧 떠나고, 콩고의 청소년들은 코발트 광산에서 영원히 노예처럼 일할 것이다. 나는 이를 갈았다. 잠시 생각할 시간이 필요했다.

"물론이야."

"물론 뭐?"

드류가 물었다.

"물론 우리의 편지는 각자의 의견을 표현하는 것이어야 해. 당연하지."

나는 심호흡을 하고 유엔이 협상한 모든 세계 조약에 대해 떠올렸다. 국가들이 핵무기 제조를 중단하고 지구의 오존층을 보호하도록 설득했던. 각국의 지도자가 주요 협정에 서명하게 만들기는 쉽지 않았을 것이다.

"나는 사실을 말하고 있어. 글을 쓸 때 내 말을 참고해. 원한다면."

편지 쓰기는 오래 걸렸다. 모두가 소극적인 데다가 브레인스토밍을 할 시간은 겨우 5분밖에 남지 않았다. 회원들의 의견은 너무나도 작고 소박했다.

'유니세프를 위해 모금을 하자.'

너무 흔했다.

'각국의 정부에 편지를 써서 코발트가 어디에서 왔는지, 청소년 노동이 실제로 일어나는지 여부를 추적할 수 있는 조직을 만들도록 설득하자.'

플립 차트를 너무 많이 차지한 문장이었다.

'핸드폰 불매운동.'

나는 결국 맨 아랫줄에 빨간색 펜으로 크고 굵게 썼다. 이 안이 우리가 핸드폰이 없는 거의 유일한 학생이라는 점을 이야기하고 싶어 하기를 바랐지만 종이 울렸다. 드류는 헤드록을 걸어서 이안을 끌고 나갔고 클레오는 핸드폰 문자 메시지를 확인하며 나갈 준비를 하고 있었다.

"조조가 많이 좋아졌대."

클레오는 이렇게 말하며 내 옆을 지나쳤다.

모두 떠난 후, 나는 브레인스토밍 한 차트 페이지를 찢어 돌돌 말았다. 머리가 너무 복잡하고 기분도 좋지 않았다. 그것을 재활용 통에 넣는 것도 잊어버리고 쓰레기통에 던져 버렸다.

월요일 저녁, 아빠가 집으로 돌아온 시간에 나는 이미 난 다에게 저녁을 챙겨 주고 침대에 눕혀 두었다. 아빠와 나는 소파에 나란히 앉아 뉴스를 보았다. 늘 심각한 이야기를 하는 최고로 우울한 채널이었다.

"힘든 하루였니?"

광고가 나오는 중에 아빠가 물었다. 나는 아빠를 쳐다볼 수가 없었다. 왜냐하면 뉴스에서 방글라데시의 로힝야 난민 캠프에 대해 보도를 하는 동안 눈시울이 붉어졌기 때문이다. 그곳에서는 사람들이 반짝이는 미래를 기대할 수도 없고, 풍족한 음식을 먹을 수도, 건강관리를 할 수도 없었다. 코발트를 위한 청소년들의 노동, 감옥에 갇힌 작가들, 피난민들. 사회적 정의를 위한 청소년 회의는 아무것도 해결할 수 없을 것 같았다.

"모든 문제를 해결하기는 불가능한 일인 것 같아요."

나는 심호흡을 하며 말했다.

아빠가 내 어깨를 툭 쳤다.

"미래의 유엔 외교관에게도?"

"특히 미래의 유엔 외교관에게 말이에요."

"무슨 일 있었어? 세상을 바꾸고자 하는 내 딸은 어디로 갔지?"

"나는 세상을 바꿀 수 없을 거예요. 그게 요점이야. 아무것도 변하지 않을 거야!"

나는 환경 변호사인 아빠는 이 사실을 알아야 한다는 생각이 들었다.

"지구 온난화가 계속 일어나고, 동물들은 미친 듯이 죽어가고 있고, 환경을 위해 일하는 사람들의 존재 자체가 사실상 아무 의미가 없는데, 아빠는 어떻게 매일 출근하며 환경을 보호하려고 노력해요?"

말하는 내내 내 목소리는 갈라졌다. 아빠가 이상한 표정을 지은 것은 목소리 때문이었을 것이다.

"작은 발걸음으로."

"네?"

아빠는 텔레비전의 소리를 무음으로 바꾸었다.

"때때로, 성취할 수 있는 것에 집중할 필요가 있단다. 모든 것을 확 달라지게 할 수는 없어. 하지만 많은 사람이 올바른 방향으로 각자 작은 발걸음을 내딛는다면, 세상은 천천히 바뀔 거야. 그게 매일 내가 스스로에게 하는 말이야."

아빠는 살짝 멋쩍은 듯 코를 찡긋거리고 다시 텔레비전 소리를 켰다.

"작은 발걸음이라……."

그 단어를 곱씹어 보았다. 아빠는 어깨를 으쓱했다. 나는 작은 발걸음을 원하지 않았다. 전 세계를 움직이고 매료시키는 크고 인상적인 도약을 원했다. 하지만 아빠의 말이 이해하기 어려운 충고는 아니었다. 사청회의 기부는 적어도 몇몇 사람을 먹여 살렸다. 그 소수의 사람들은 렌틸콩과 쌀을 받고 기뻐했을 것이다. 난민 캠프를 운영하는 사람들이 우리 아빠보다 요리를 잘해서 청소년들은 거의 타 버린 브로콜리를 먹지 않아도 된다면 확실히 도움이 되었을 것이다.

작은 발걸음. 나는 이에 대해 더 깊이 생각해 보기로 했다. 하지만 당장은 아니었다. 텔레비전에서 정치에 대해 심한 논쟁이 벌어지고 있었고, 나는 머리가 지끈거려 지금은 그럴 여유 없이 잠자리에 들었다.

수신 : p.lwyn@hotmail.com
발신 : myamyapapaya1@gmail.com
제목 : 지구상에서 사라지는 기분

안녕, 엄마!
이 메일을 받을 수 있을지 모르겠어요. 엄마가 전화를 걸면, 나는 사청회에 대해 하고 싶은 말을 산더미처럼 할지도 몰라요. 모임 전체가 미쳐 버렸고, 샌드위치 기술도 이제 통하지 않을 거예요. 클레오도 나에게서 등을 돌렸어요. 걔는 책임을 회피하고 있어요. 이안이 다음 회의를 돕겠다 했다고 해서 자기 책임을 저버려서는 안 되죠. 이안은 놀라울 정도로 합리적인 친구예요. 뭐, 중요한 인물이라기보다 함께 프로젝트를 진행하다 보니 새로운 모습이 조금 보였을 뿐이에요. 그게 아니었다면 신경 쓰지도 않았을 거예요.

엄마와 할머니가 안전하길 바라고 있어요. 이메일을 열었다면 나를 대신해 엄마 스스로에게 세상에서 가장 큰 뽀뽀를 해 주세요.

사랑을 담아, 미아 올림

내가 아주 어렸을 때, 할아버지는 캐나다에서 혼자 지낸 한 해에 대해 말씀해 주었다. 할아버지는 할머니와 엄마, 이모보다 먼저 캐나다에 와서 혼자 직장을 구하고 아파트를 빌렸다. 첫 달에 고기를 포장하는 곳에서 일했었고, 엄청나게 추운 날에 긴 내복이 있다는 것을 몰라서 옷을 다섯 벌이나 겹쳐 입었다.

일주일 내내 할아버지는 거스름돈을 저축했다. 그리고 주말에 차를 몰고 시애틀로 가서 공중전화로 집에 연락했다. 그때는 밴쿠버에서 미얀마로 전화를 걸 방법이 없었다. 얼마나 말도 안 되는 일인지!

나는 지금 할아버지와 같은 마음인 것 같다. 할머니와 엄마가 아주 멀리에 있고, 연락이 닿지 않는다. 우리 집 상황도 나아지지 않았다. 내가 다양한 갈래로 짠 전략은 실패했다. 내 인생 전체가 무너졌다.

① 엄마와 연락이 끊겼다.

② 내 가장 친한 친구는 유니콘, 드류, 조조를 나보다 더 사랑한다.

③ 사실상 내 영혼을 팔아 샌더스 아주머니로부터 20달러를 벌었다. 그 돈으로 내 슬픔을 조금 위로해 줄 탄산음료를 살 수 있겠지만 핸드폰을 살 수는 없다. 어쩌면 나는 더는 핸드폰을 원하지 않을지도 모른다. 코발트 때문이다.

④ 피난민들.

⑤ 주요 물품이 다 떨어졌다. 아주 중요한 그것, 생리대라고 부르는 그것 말이다.

나 혼자 먼 상점까지 걸어가기는 엄두가 나지 않았고, 아빠한테 사다 달라고 부탁할 수도 없었다. 아빠가 화장실에서 생리대 포장지를 발견했을 때 무슨 일이 일어났던가. 아빠는 전 세계와 나의 생리에 대해 의논할 듯이 흥분했었다. 내가 아빠를 약국에 보내면 이 일을 페이스북에 올리거나 법정에서 발표할지도 모른다. 아빠에게 부탁하려고 할 때마다 내 입술은 자주색으로 변했고, 입속은 사하라 사막처럼 바짝바짝 메말랐다. 선택지는 딱 하나뿐이었다. 위니 이모! 전화를 걸었다.

"막 나가려고 하던 참이야."

이모가 말했다.

"아직 엄마한테 전화는 안 왔어. 하지만 다른 친척으로부터 메시지를 받았단다. 엄마가 잘 있는지 확인해 본다고 했어."

"아, 다행이네요."

바로 도움이 되는 반가운 소식은 아니었다. 잠시 침묵이 흘렀고, 위니 이모가 열쇠 꾸러미를 챙기는 듯한 소리가 들렸다.

"뭐 또 필요한 거 있니?"

이모가 물었다.

"오늘 밤에 상점에 한번 같이 가 주실 수 있나요?"

"오, 미아! 오늘은 친구들과 약속이 있어. 급하게 필요한 게 있는 거니?"

"뭐, 네……."

"찜통에 렌틸콩이랑 양파를 넣고 찐 다음에 지난번에 준 소스를 뿌려서 먹어도 맛있단다. 으깨서 먹으면 렌틸 수프처럼 느껴질 거야."

"그게 아니라……."

"이제 나가 봐야 해. 아빠한테 엄마 소식을 들으면 바로 전화한다고 전해 주렴."

세상에서 가장 도움이 되지 않는 대화가 끝났다. 어쨌든 나는 렌틸콩을 찜통에 넣기는 했다. 그런 다음 난다에게 간식을 주고 나서 신발을 신었다.

"슈트루델을 다 먹고 나서 잠시만 텔레비전을 보고 있어, 알았지? 잠깐 나갔다 올 거야."

"어디 가는데?"

"저녁거리를 좀 사야겠어."

"아스파라거스?"

"아니!"

"다행이네. 나도 같이 가도 돼?"

"아니!"

이 순간 내가 가장 바라는 건 약국에 내 동생(여러 가지 질문으로 나를 난처하게 할)을 데려가지 않는 것.

"절대 밖에 나가면 안 돼. 만화를 보든 쇼를 보든 소파에 앉아 있어. 빨리 다녀올 테니까."

나는 난다에게 더 말하지 못하게 하려고 재빨리 현관문을 열고 닫았다.

학교에서 두어 블록 떨어진 곳에 약국이 있었다. 나는 온힘을 다해 빠르게 걸었다. 하지만 약국에 도착했을 때, 비타민 진열대에 있는 이안의 엄마를 보았다. 이안의 엄마가 거기 있는 동안에는 아무것도 살 수 없었다. 다행히도 이안의 엄마는 나를 보지 못했다. 나는 이안의 엄마가 자리를 떴다고 확신하기 전까지 인사 카드를 읽었다. 그다음 아는 사람이 있는지 여기저기 둘러보고, 내가 찾는 생리대를 고르러 갔다.

아아아아! 벽 전체가 여성용품이었다. 녹색 상자, 분홍색 상자, 노란색 상자, 보라색 상자, 작은 파란색 비닐로 가득한 또 다른 비닐 주머니들! 빨간색 말고는 거의 모든 색깔이 있는 듯했다. 무엇을 사야 할지 고민할 시간이 없어서 아무거나 움켜쥔 채 그곳을 벗어났다.

'만약에 잘못 골랐으면 어떡하지?'

나는 다시 생리대 진열대로 가서 다른 종류 두 가지를 더 집었다. 그리고 이쪽저쪽을 살필 새도 없이 계산대로 향했다.

내 앞에는 한 할머니가 섬유질 보충제를 들고 서 있었다. 다른 사람들이 어떤 물건을 사는지 힐끗거리는 건 명백한 사생활 침해이기 때문에 그러지 않으려고 했지만 할머니는 너무 느린 속도로 지갑에서 돈을 꺼냈다. 나는 할머니가 6달러 40센트를 내놓기 전에 세상의 종말이 일어날지도 모른다고 생각했다.

드디어 내 차례였다. 내 뒤에는 아무도 없었다. 나는 세 종류의 생리대를 계산대에 던지다시피 했다. 지금 내가 매우 급하니 모든 상황을 빨리 처리하고 싶은 마음을 계산대 점원이 알아주기를 바라서였다. 점원은 생리대를 하나씩 집어 바코드를 스캔한 다음 하나씩 비닐봉지에 담았다. 반투명한 비닐봉지였다. 가방을 가지고 왔어야 해!

"두 번 싸 주시겠어요?"

점원이 무심한 표정으로 비닐봉지(지구를 파괴하는)들을 더 꺼내어 넣는 동안, 나도 모르게 미소를 띠며 이렇게 말했다.

"제 것이 아니라서……."

왜냐하면 나는 성숙한 성인이 되어 가는 길의 입구에 선 사람이었고, 부끄러움(그것을 산다는)과 부끄러움(비닐봉지를 사용한다는)이 섞여 있었기 때문에 본능적으로 거짓말을 할 수밖에 없었다.

나는 점원에게 20달러를 건네었다.

"잔돈은 괜찮아요."

잽싸게 약국을 나왔다. 몇 블록 아래에는 또 다른 약국이 있다. 앞으로 남은 여생 동안은 거기까지 가서 생리대를 구입해야 할 것 같다.

나는 분명히, 명확하게, 단호히, 난다에게 집에 있으라고 말했다. 만약 상상 속에 판사와 배심원이 내 옆에 나타난다면 만장일치로 나에게 유리한 판결을 내릴 것이다. 하지만 약국에서 돌아오는 길에, 모퉁이를 돌자마자, 난다가 스케이트보드를 타고 인도를 오르내리는 것을 보았다. 헬멧도 쓰지 않은 채였다!

"난다!"

내가 소리치며 집을 가리켰다.

난다는 분명히 나를 보았어요, 재판장님. 비디오 재생 버튼을 눌러 보면 난다가 나를 보고도 계속 위험한 행동을 했다는 것을 알 수 있습니다.

내가 다시 소리치려고 할 때, 난다는 우리 집으로 들어가는 길로 끝에서 한 번 더 기술을 시도했다. 그러다가 보드를 놓쳤다. 처참하게 놓쳤다. 스케이트보드는 날아갔고, 난다의 발은 미끄러졌다. 난다의 몸은 보도를 가로질러 붕 떠서 날았다. 내 눈에는 그 장면이 슬로모션으로 보였다. 시야가 좁아져서 난다의 몸뚱이만 보였다. 내 귀에 들린 것은 난다의 머리가 콘크리트 바닥에 퍽 하고 부딪히는 소리였다.

"난다!"

나는 미치광이처럼 달려가 난다의 옆에서 무릎을 꿇었다.

"난다?"

난다는 눈을 감고 있었다. 나는 난다가 숨을 쉬고 있는지 확인했다. 숨을 쉬고 있었지만, 아무리 불러도 대답하지 않았다. 길거리에는 우리 말고 아무도 없었다. 거리는 고요했다. 모든 게 잘못되었다!

"도와주세요!"

소리를 질렀지만, 아무 대답도 돌아오지 않았다.

난다가 눈을 감은 채 차가운 바닥에 누워 있는데, 내가 그곳을 잠시라도 떠나는 건 너무 끔찍하다는 생각이 들었다. 하지만 선택의 여지가 없었다.

"금방 돌아올게."

나는 울먹이며 말했다. 그리고 집으로 뛰어들어가 덜덜거리는 손으로 전화기를 잡았다. 전화기를 손에 든 채 다시 난다에게 돌아왔을 때에도 아무 움직임이 없었다!

"무슨 일이신가요?"

수화기 너머로 목소리가 들렸다.

"앰뷸런스를 불러 주세요!"

나는 수백만 개의 질문을 퍼붓는 어떤 여성과 연결이 되어 있었다. 환자에게 의식이 있나요? (아마도요? 동생의 눈꺼풀이 떨리고 있어요. 어쩌면 제 상상일지도 몰라요.) 출혈이 있나요? (아니요.) 안전한 곳에 있나요? (네.) 환자는 질문에 대답할 수 있나요? 나는 마침내 이성을 잃었다.

"모르겠어요! 당신과 통화 중이라 알 수가 없어요! 앰뷸런스는 언제 보낼 거예요?"

"앰뷸런스는 이미 그쪽으로 가고 있습니다. 이제……."

나는 다 듣지 않고 전화를 끊었고, 난다의 손을 잡았다. 그리고 울음 반 목소리 반으로 괜찮을 거라고 말했다. (정말 그럴까?)

나는 다시 전화기를 집어 아빠의 회사 번호를 눌렀다. 아빠의 비서인 트레이시가 전화를 받았다. 아빠는 재판 때문에 법원에 있다고 했다.

"끝나는 대로 저에게 전화해 달라고 전해 주세요. 응급 상황이에요."

나는 급하게 전화를 끊었다. 또 누구에게 전화를 걸어야 할까? 위니 이모는 친구들과의 약속 때문에 집을 비웠을 것이다. 나는 클레오의 집과 핸드폰으로 전화를 걸었지만, 둘 다 받지 않았다.

"난다에게 사고가 났어. 머리를 바닥에 세게 부딪혔고, 119를 불렀어."

나는 클레오의 핸드폰 음성사서함에 메시지를 남겼다. 전화를 끊자마자, 전화벨이 울렸다.

"클레오?"

"미아?"

엄마의 목소리였다.

"엄마! 엄마 괜찮아요? 태풍 소식을 들었어요."

"나는 괜찮아. 그리고 할머니와 함께 집으로 갈 거야."

"잘됐네요, 엄마! 그런데 소리가 잘 안 들려요, 사이렌 소리가 너무 커서요. 난다가 머리를 다쳤는데⋯⋯."

나는 앰뷸런스가 도착하고 두 명의 구급대원이 뛰쳐나오는 바람에 전화기를 잔디 위에 떨어뜨렸다. 몇 분 동안 난다와 나는 미성년자 관람 불가 영화를 찍는 촬영장에 있었던 것 같았다.

"미아?"

난다의 몸은 굴러가는 침대에 묶여 있었지만, 발음은 정상적으로 들렸다.

난다는 괜찮을 거야. 나는 폐가 공기로 채워지는 기분을 느꼈다. 얼마 동안 숨을 참고 있었는지 알 수 없었고, 가까스로 숨을 쉬는 기분이었다.

"고양이를 데려올 수 있어? 고양이가 있었는데⋯⋯."

난다가 말했다. 나는 구급대원들을 쳐다보며 말했다.

"저희는 고양이를 키우지 않아요."

"머리를 세게 부딪친 것 같습니다."

여자 구급대원이 말했다.

"아마 가벼운 뇌진탕일 거예요."

남자 구급대원이 말했다.

"부모님은 어디에 계시나요?"

"엄마는 미얀마에, 아빠는 법정에 있어요."

둘 다 도움이 되지 않는 대답이었다.

"구급차에 같이 타요."

여자 구급대원이 말했다.

"병원에 가서 동생을 살펴보고, 몇 가지 검사도 해야 해요. 그동안 부모님께 연락을 취해 줄게요."

"대기실에서 직접 연락해도 됩니다."

남자 구급대원이 말했다.

"저는 핸드폰이 없어요!"

나도 모르게 소리쳤다. 그 순간 나는 유니콘도 용의 알도 청소년 노동에 대한 정보도 필요 없었다. 단지 필요한 것은 아빠와 통화를 해서, 한시라도 빨리 만나 상황이 조금이라도 나아지는 것이었다. 앰뷸런스가 병원으로 가는 동안 나는 난다에게 아무 이상이 없게 해 달라고 기도했다. 그리고 부처님께도 부탁했다.

눈을 떴을 때, 난다는 여전히 고양이에 대해 중얼거리고 있었다. 맞은편에 앉은 여자 구급대원이 나를 슬프고 안쓰러운 눈으로 바라보았다. 마치 내가 고아라도 되는 양. 구급대원이 나에게 휴지를 건네었을 때, 얼굴이 눈물로 범벅이라는 것을 깨달았다. 그제야 알았다. 내 손에 아무것도 들려 있지 않았다. 나의 비닐봉투! 그것은 잔디나 거리 어딘가에 떨어져 있을 것이다. 나는 엉엉 울기 시작했다.

"동생은 괜찮을 거야."

구급대원이 나를 토닥였다. 제발 그러기를 바랐다. 하지만 오늘의 나는 문제로 시작해 문제로 하루를 채우고 있었고, 단 하나도 제대로 해결되지 않았다. 모든 것이 최악이었다.

병원에 도착했을 때, 난다는 정상으로 돌아오고 있었다. 어쩌면 평소보다 더 정상적일지 모르는 모습이었다.

"언니가 조금만 더 일찍 나를 봤으면 좋았을 텐데. 완벽한 기술을 선보였는데 아무도 보지 못했지 뭐야."

"내가 조금만 더 일찍 너를 봤으면, 너는 내 손에 죽었을지도 몰라. 집에서 절대 나오지 말라고 했잖아!"

"삐 소리를 들을 뻔했네."

난다는 검사실 순서와 의사의 진료를 기다리는 동안 복도 가장자리에 갇혀 있었다. 구급대원들은 나에게 난다의 침대 끝에 앉아서 기다려도 된다고 했다. 그러고는 사회복지사 또는 간호사 또는 의사 또는 누군가가 도착한다는 말을 남기고 자리를 떴다.

"내가 아빠가 없어서 우리가 슈트루델과 딱딱한 와플을 몇 주째 먹고 있다고 말하는 거 막지 마."

나는 진지한 표정으로 난다에게 말했다.

"왜?"

"그러면 우리는 고아원에 보내질 거야. 내가 핸드폰이 필요한 이유를 그렇게 말했는데도 아빠는 들어주지 않았잖아."

난다는 겁에 질린 표정을 지었다.

"농담이야, 누구도 우리를 다른 곳에 보내지 않아."

"정말이지?"

순간 하얀 시트가 깔린 큰 침대에 누워 있는 난다가 유독 작아 보였다. 아기 같은 난다에게 나는 무슨 약속이든 할 수 있을 것 같았다. 사악하고 통제 불능인 샌더스 괴물들과는 차원이 다른 나의 귀여운 동생이었다.

"정말이지, 아빠는 금방 여기로 올 거야."

깜짝 놀랄 만한 상황이 종료되자, 난다는 침대 아래로 손을 뻗어 내 손을 잡았다. 아빠는 항상 난다가 나를 우러러본 다고 말했는데, 그때가 바로 그 말이 증명되는 유일한 순간이었다. 기분이 아주 좋았다. 나는 난다의 손을 꼭 잡았다.

"네 스케이트보드 실력은 놀랄 만했어. 작은 실수가 있었지만, 많이 발전했어."

"이제 아빠는 나보고 절대 타지 말라고 하겠지."

"그럴지도 모르지. 하지만 나는 집에 갇힐 거야."

"왜?"

"너를 혼자 집에 두고 나갔다 왔으니까."

잠시, 나는 난다를 두고 나간 것을 후회하고 자책했다. 복도 끝에서 우리는 대기실에서 펼쳐지는 장면을 지켜볼 수 있었다. 정말 끔찍했다. 한 엄마가 쉿, 쉿, 하는 동안 아이는 머리를 쥐어뜯으며 고장 난 로봇처럼 몸을 위아래로 튕겼다. 또한 엄마는 아들이 금방이라도 구토를 할 것처럼 그릇을 들고 따라다녔다. 그 옆에는 한 작은 소년이 팔에 붕대를 감고 있었다. 붕대는 핏물로 붉어지고 있었다. 우리가 이렇게 된 건 내 잘못이다. 여기에 있게 된 원인은 나에게 있다.

"내가 너를 더 잘 보살폈어야 했어."

난다가 팔을 뻗어 내 어깨를 감쌌다.

"지금 누구보다 나를 잘 보살피고 있잖아."

난다가 말했다. 나는 또다시 눈물범벅이 된 채 난다를 향해 웃어 보였다. 자매의 유대감이 이루어진 감동적인 순간이었다. 하지만 순간 머릿속이 번뜩였다. 나는 흰 시트 위에 앉아 있었다! 후회막심이다!

인터넷을 통해 알아본 바에 따르면 생리는 5~7일 정도 한다고 했다. 시트를 확인해야 하나 고민하고 걱정하기 시작했을 때, 문이 열리고 클레오와 클레오의 엄마가 들어왔다. 오, 신(누구든)이시여, 감사합니다. 클레오의 엄마는 제복을 입은 채로 나타났다. 그 모습은 엄중하고 근엄해 보였다. 하지만 곧이어 클레오의 엄마의 표정은 무너져 내렸다.

"맙소사!"

클레오의 엄마가 다가와서 나와 난다를 차례로 안아 주었다. 난다는 클레오의 엄마 품에서 울음을 터뜨렸다. 나도 그러고 싶은 마음이었기 때문에 나무라지 않았다. 믿을 만한 어른과 함께인 건 엄청난 안정감을 주었다. 나는 어쩔 줄 몰라 하며 서 있는 클레오에게 인사했다.

"너희 아빠도 금방 오실 거야."

클레오의 엄마가 핸드폰을 손에 꼭 쥔 채 말했다.

"엄마가 전화로 아빠한테 알렸어."

"고마워."

"핫초코 좀 먹을래?"

나는 대답하지 않았다. 왜냐하면 아직 흰색 시트를 확인하지 못했고, 클레오와 감정의 골이 어느 정도인지 정리가 되지 않았기 때문이다. 나는 클레오에게서 핸드폰을 빼앗아 바닥에 내던지고 다리를 걸어차고 싶었다. 이런 생각을 한다는 사실 자체가 굉장히 낯설었다. 나는 절대로 폭력적이지 않고, 분노 조절을 잘하는 사람이잖은가. 하지만 클레오는 내 대답을 기다려 주지 않았다. 클레오는 난다를 보살피고 있는 자신의 엄마에게 돈을 달라고 했다. 우리는 자연스럽게 자판기 쪽으로 걸었다. 자판기에 다다르기 전에 화장실이 보였다.

"화장실 좀."

나는 클레오를 끌고 화장실로 가서 인생 최고로 긴 시간 동안 소변을 보았다. 손을 씻는 동안 생리대 자판기가 눈에 들어왔다.

"동전 좀 빌려 줄 수 있어?"

내가 물었다. 클레오는 나와 자판기를 번갈아 보았다.

"진짜로? 왜 말 안 했어?"

클레오는 동전을 주며 물었다.

"왜냐하면 나는 이 사실을 드류와 조조와 온 세상이 알게 되는 것을 원하지 않으니까."

"야, 그건 너무 심하잖아."

뭔가 끈적한 것이 기계에 끼어 있는 듯했다. 동전을 넣었는데, 다이얼이 제대로 돌아가지 않았다. 나는 손으로 기계 옆쪽을 세게 때렸다. 효과는커녕 고통스럽기만 했다.

"괜찮아? 그러니까……, 심리적으로 말이야."

클레오가 물었다.

"이게 다 너 때문이야!"

"무슨 소리야? 왜 내 잘못이지?"

"네가 약국에 같이 가 주었다면, 내가 물건을 사는 동안 네가 밖에서 난다를 잠시 봐줄 수 있었을 거고, 함께 갔다면 난다는 스케이트보드를 타지 않았을 것이고, 그랬다면 다치지 않았을 거야!"

실제로 클레오와 함께 난다를 데리고 약국에 갈 계획은 아니었지만, 말하면서 그랬다면 정말 좋았을 거라는 생각이 들었다. 그리고 클레오와 약국 이야기를 먼저 나누었다면, 또 다른 방법이 있었을 거라는 생각도 들었다.

"같이 가자고 하지도 않았잖아!"

클레오가 대응했다.

"왜냐하면 네가 유니콘을 돌보느라 너무 바쁘니까!"

"용이야!"

"뭐든!"

그때 날뛰는 아이를 안은 엄마가 화장실로 들어와서는 우리 둘을 번갈아 쳐다보더니 나가 버렸다.

"네가 신경 쓰는 것은 그 멍청한 핸드폰과 또 멍청한 드류 뿐이잖아. 이제 나에게는 관심도 없잖아!"

내가 내뱉은 마지막 문장은 유엔의 협상가에게 어울리지 않는 말이었다. 흥분을 가라앉히자. 나는 심호흡을 했다. 클레오가 입을 열었다.

"이제 네가 원하는 만큼 얼마든지 함께할 수 있어. 드류랑 헤어졌거든."

"헤어졌다고?"

클레오의 핸드폰이 변기에 빠지는 것만큼 반갑지는 않았지만 그래도 기분이 좋았다.

"드류가 방귀를 뀌었어. 내 앞에서."

나는 진지한 표정을 유지하기 위해 애썼다.

"남자친구를 사귀면 친구를 차 버리고, 남자친구가 방귀를 뀌면 친구를 되찾을 거라고 기대하지 마."

"만약 방귀를 뀐 게 너였다면, 나는 그래도 너를 사랑했을 거야."

"음, 어쩌면 조조가 너의 새로운 가장 친한 친구가 될지도 모르지."

"말도 안 되는 소리 하지 마."

클레오의 말에 나는 몹시 마음이 들떴다. 그때 클레오의 엄마가 화장실에 들어왔다.

"너희 괜찮은 거지?"

클레오의 엄마가 물었다. 날뛰는 아이를 안고 있던 엄마가 엄마들끼리 알아듣는 눈빛을 보낸 것이 틀림없다. 클레오와 나는 조용히 고개를 끄덕였다.

"미아, 난다가 진료실에 들어갔어."

나는 문을 향해 걷다가 뒤를 돌아보았고, 생리대 자판기를 바라보았다. 그리고 클레오를 뚫어져라 쳐다보며 동전을 건네었다. 가장 친한 친구임을 증명하고 싶다면, 클레오는 내가 나간 후에 어떻게 해야 할지 알 것이다.

진료실을 향해 가고 있는 중에 아빠가 헐레벌떡 들어왔다. 아빠의 얼굴은 새빨갰고, 머리카락은 불타오르는 것처럼 엉망진창이었다.

"미아!"

아주 크게 두어 걸음 다가온 아빠는 나를 와락 안았다.

"난다는 어디에 있니? 괜찮니?"

"는드는 즌료 준니네뇨."

나는 아빠의 가슴팍에 묻힌 채 말했다.

"뭐라고?"

아빠는 나를 떼 내며 물었다. 여전히 내 양어깨를 꼭 붙잡은 채였다. 마치 아무 데도 가서는 안 된다는 듯이 말이다.

"난다는 진료 중이에요. 클레오와 클레오의 엄마는 화장실에 있고요."

여전히 내 어깨에서 손을 내리지 않은 채 아빠는 난다의 진료실 앞으로 가자고 했다. 꽤 오래 걸리는 느낌이었고, 시간이 흐를 때마다 아빠의 머리카락이 더 곤두섰다. 우리는 곧 복도를 따라 내려가면 있는 검사실로 안내되었다. 그곳에 젊고 날씬한 의사가 차트를 들고 나타났다. 난다는 진찰대에 앉아 미소를 지으며 막대사탕을 빨고 언제라도 다시 스케이트보드를 탈 수 있다는 표정을 짓고 있었다.

난다가 아빠에게 폭 안겼다. 아빠도 안도하는 듯했다. 의사가 사흘간 텔레비전도, 시끄러운 음악도, 비디오 게임도 가까이해서는 안 된다고 말하기 전까지는. 그리고 적어도 일주일 동안 스케이트보드나 축구와 같은 운동은 절대 하지 말라는 금기 사항도 들었다.

"하지만 나는 다 나았다고요!"

난다가 울부짖었다. 의사는 온화한 얼굴로 난다를 향해 말했다.

"머리가 완전히 좋아질 때까지 시간을 줘야 해요. 그래야 안전하고, 다시 신나게 놀 수 있어요."

안전의 정의. 그건 내가 하고 싶었던 말이다. 난다와 집에서 함께 있는 사람은 나이다. 난다와 집에 함께 있는 것만으로도 나의 안전은 보장되지 않는다.

의사가 자리를 뜨자, 클레오의 엄마가 다가왔다.

"클레오는 대기실에 있어요. 이제 다 괜찮은 것 같으니, 우리도 집에 가려고요."

클레오의 엄마가 아빠에게 말했다.

"정말 고맙습니다."

아빠가 인사했다.

"저는 아무것도 한 게 없는걸요. 미아가 혼자 다 해결했어요. 누구에게 전화를 해야 하는지, 가장 먼저 해야 할 일이 무엇인지 정확하게 알고 있었고, 한시도 난다 곁을 떠나지 않았어요."

"정말 잘했다, 미아."

아빠가 내 머리를 쓰다듬으며 말했다. 인정한다. 정말 감동적인 순간이었다. 만약 내가 그 절호의 기회를 똑똑하게 발견하지 못했다면, 나는 그저 울며 그 순간을 마무리했을지도 모른다. (이런 순간의 기회를 감지하는 것은 유엔 협상가들에게 중요한 기술이다.)

"핸드폰이 있었다면 훨씬 더 쉽고 빨랐을 거예요."

나의 말을 듣는 둥 마는 둥 아빠는 눈을 굴리며 난다의 물건을 챙기려고 주변을 두리번거렸다. 하지만 아빠는 "절대로 안 돼. 서른다섯 살이 될 때까지 안 돼."라는 말을 하지 않은 것만으로도 나는 어느 정도 발전했다고 해석했다.

클레오의 엄마가 작은 비닐봉투를 건네었다.

"병원 내에 있는 약국에서 샀어."

무엇을 샀는지에 대해서는 말하지 않았지만 (왜냐하면 클레오의 엄마는 다른 어른들에 비해 상당히 앞서가는 현대적인 여성이므로) 나는 보지 않고도 알 수 있었다.

"감사합니다."

"엄마가 돌아오시면 모든 것이 더 나아질 거야."

클레오의 엄마는 조금 큰 소리로 말했다.

"아, 엄마가 전화했었어요!"

아차, 엄마의 전화를 잊고 있었다.

"앰뷸런스가 도착했을 때 전화가 왔었어요."

아빠가 놀란 눈으로 나를 돌아보았다.

"엄마 별일 없다니?"

"집으로 돌아온대요. 할머니와 함께요!"

확신할 수는 없지만, 순간 아빠의 눈동자가 잠시 파르르 떨렸던 것 같다.

집에 돌아오고 나서 시간이 조금 흘렀을 무렵, 엄마에게 전화가 다시 왔다. 홍콩이라고 했다. 할머니의 컨디션 조절을 위해 거기에서 하루 머문다고 했다. 아빠는 엄마에게 모든 소식을 빠르게 전해 주었다.

금요일이 되었고, 위니 이모가 공항으로 가서 엄마와 할머니를 태워 오기로 했다. 아빠와 나는 단 1초도 조용히 있지 못하는 난다와 '뱀과 사다리 게임'을 했다. 나는 난다에게 쿠데타를 가까스로 모면하고 왕위를 되찾을 때까지 숨어 지내는 통치자 역할을 주었다. 난다를 여왕으로 대하는 건 끔찍한 일이었지만, 그렇게 해야 게임이 더 재미있었다. 특히 팝콘이 이빨 사이에 낀 채로 호통을 치는 난다를 보니 잘했다는 생각이 들었다.

엄마와 할머니, 그리고 위니 이모는 내가 여왕에게 쿠데타를 일으키기 직전에 집에 도착했다. 서로를 부둥켜안으며 한덩어리가 되었을 때, 적어도 한 명 이상이 울고 있었음이 분명했지만 사진을 찍어 주는 사람이 없었기 때문에 증거를 남길 수는 없었다. 시끌벅적한 포옹이 끝나고 우리는 모두 거실에 앉았다. 아빠는 막 도착한 가족들에게 마실 차를 내주었고, 나는 엄마와 할머니께 렌틸콩 수프를 대접했다. 10년 전처럼 느껴지겠지만, 내가 수프를 끓여 놓은 지 겨우 이틀 밖에 지나지 않았다. 그날 집에 도착했을 때 저녁이 준비되어 있다는 사실에 아빠는 매우 감명을 받았다. 위니 이모가 내가 만든 새로운 요리를 자랑했을 때, 엄마와 할머니도 크게 감동 받은 듯했다. 나는 위니 이모에게 스카프가 참 예쁘다고 말했다. 사실 정말 그렇다고 느낀 것은 아니었는데, 아주 따뜻하고 감동적인 순간에 어울리는 말이라고 생각해서 그렇게 말했다.

차와 수프를 먹고, 이런저런 이야기를 나눈 후에 엄마는 할머니에게 누워서 좀 쉬라고 했다.

"할머니는 얼마나 머무시는 거예요?"

내가 물었다.

"아주 대단한 소식이 있단다. 할머니는 이제 우리와 함께 사실 거야. 아래층 침실을 할머니가 쓰시는 게 좋겠어."

엄마가 대답했다.

내 침실. 내가 쓰려고 했던 침실. 21세기 가정이라면 모두가 한 층에서 지내지 않을 것이다. 나는 엄마가 스케이트보드를 내게 던진 것과 같은 서운함을 느꼈다. 그런데 그때 할머니의 표정이 눈에 들어왔다. 아무 말 없이 당황한 표정을 짓고 있는. 우리가 할머니를 돌보게 되어서 미안했던 건지, 아니면 내 방을 차지한 게 불편했던 건지 모르겠지만, 그 표정을 보니 내가 이해해야겠다는 생각이 들었다.

"할머니, 함께 지내게 되어 정말 기뻐요."

가식적으로 들렸을지도 모르겠지만, 내 입에서 그 말이 튀어나왔다. 난다는 이미 신나서 방방 뛰었다. 할머니는 늘 달콤한 간식을 주었기 때문에, 난다에게는 더할 나위 없이 반가운 가족일 것이다. 엄마는 우리가 자랑스럽다는 듯 바라보았다.

할머니는 바로 침실로 향하지 않았다. 나와 난다에게 선물을 주고 싶어 했다. 커다란 캐리어가 열렸고, 미얀마에서 맡았던 싱그러운 향기가 폭죽처럼 터져 나왔다.

미아를 위한 선물	난다를 위한 선물
• 양산(분홍색)	• 양산(주황색)
• 샌들우드 향이 나는 가루	• 코끼리 인형
• 자스민 향수	• 머리가 돌아가는 나무 인형
• 타마린드 사탕	• 타마린드 사탕
	• 코끼리가 그려진 티셔츠

정확하게 똑같은 개수의 선물을 받지는 않았지만, 내 것이 훨씬 더 좋은 선물들이었다. 나는 언니라서 기분 좋은 대우를 받았다. 엄마가 향수는 학교 갈 때 쓰지 말고, 특별한 날에만 쓰라고 했지만 나는 싫다고 하지 않았다. (현명한 협상가는 예민한 주제에 대해 말할 때와 말하지 않아야 할 때를 가릴 줄 안다.)

선물 증정식은 꽤 오랫동안 이어졌다. 신이 난 난다가 인형을 가지고 놀기 시작했다. 난다가 잠옷을 입기까지 아주 긴 시간이 필요했다.

아빠는 엄마의 옆에 앉아 어깨를 끌어안으며 그동안의 그리움을 눈빛으로 표현했다. 할머니는 그 장면이 껄끄러웠을 수도 있다. 바로 소파에서 몸을 일으켜 어정쩡한 자세로 주위를 둘러보았다.

"내가 준비한 선물도 있어."

아빠가 말했다. 할머니는 다시 소파에 앉았다.

"아빠는 어디 다녀오지 않았잖아요. 그런데 왜 선물을 준비한 거예요?"

내가 물었다.

"음, 이 선물은 아주 특별해. 위니 이모의 도움을 받아 이 선물을 준비했지."

위니 이모는 알 수 없는 표정을 지었다. 아마 약간 쑥스러웠던 모양이다.

"엄마가 없는 동안 미아가 고생을 많이 했지."

이모가 말했다. 아빠가 고개를 끄덕였다.

"미아는 책임감 있게 모든 일을 훌륭하게 해냈어. 동생을 돌보는 일도, 스스로를 돌보는 일도, 집안일을 돕는 일도 모두 잘해 주었어."

그 부분에 대해 인정을 하기도 했지만, 약간 부끄럽기도 했다. 그래서 얼굴이 달아오르는 것을 느꼈다. 나는 그 선물이 새로운 평화 글자의 귀걸이는 아닐까 생각했다. 아, 정말 끔찍했다. 그것만 아니기를!

아빠는 몸을 숙여 소파 아래에 손을 넣었고, 무엇인가를 꺼냈다. 나는 숨을 쉴 수가 없었다. 그게 무엇인지 단번에 알아보았지만 내 것이 아닐지도 모른다. 아빠가 짠 하고 할머니께 그걸 주고 다른 데에서 내 귀걸이를 꺼낼까 봐 두려웠다. 오, 다행히 그러지 않았다. 아빠는 '핸드폰 상자'를 위니 이모에게 전했고, 그것은 나에게 왔다. 바로 나에게! 풍선과, 유니콘과, 용과, 트럼펫이 떠다녔다. 감사합니다, 신이시여, 부처님, 하나님, 모두모두 감사합니다!

"지켜야 할 규칙을 만들기는 해야 해."

엄마가 말했다. 하지만 나에게 그 문장은 바람처럼 지나갔다. 나는 아빠의 갈비뼈가 부러질 정도로 세게 껴안았다. 그리고 위니 이모의 볼에 여러 번 뽀뽀를 했다. 너무 여러 번 해서 이모의 화장품이 내 입술에 일주일 이상 남아 있을 것 같았다. 하지만 아무래도 괜찮았다. 아무래도 상관없었다. 위니 이모는 이제 내가 남은 여생 동안 가장 사랑하는 가족 중에 한 사람이 되었다. 나는 엄마와 할머니와 난다의 볼에도 뽀뽀를 했다. 사랑이 넘쳐흘렀다. 누가 행복은 살 수 없다고 했던가. 그 말은 틀렸다. 행복은 핸드폰 상자 속에 있다!

월요일 아침, 클레오와 조조는 나의 핸드폰을 구경하느라 정신이 없었다. 심지어 주말에 엄마가 나를 데리고 나가서 반짝이는 황금색 케이스를 사 주었다! 표범 무늬 케이스는 이제 한물간 스타일이다.

우리가 깍깍거리고 있을 때, 드류와 이안이 옆을 지나갔다.

"미아에게 핸드폰이 생겼어!"

조조가 드류와 이안에게 말했다.

"코발트는 어쩌고?"

드류가 세상에서 가장 얄미운 표정을 지으며 말했다. 조조는 드류를 노려보았지만, 나는 살짝 양심에 걸렸다. 드류의 말은 틀린 게 아니었다. 현대 기술을 손에 넣은 지 얼마 되지도 않았는데, 나는 청소년 노동과 참혹한 노동 현장에 대해 잊어버렸다.

"그래도 편지는 쓸 거야."

나는 작은 목소리로 말했다. 드류는 코웃음을 쳤다.

"만약 핸드폰 회사들이 전 세계의 통신 방식을 바꿀 만큼 충분히 규모가 크고 똑똑하다면, 코발트를 얻는 더 좋은 방

> 내가 누구게?

누구야?

> 핸드폰이 생겼어! 내 핸드폰이라고!

미아?

> 응!

맙소사, 정말 축하해! 참, 난다의 병원 사건 이후로 드류와 다시 만났는데, 또다시 헤어졌어. 악! 자세한 이야기를 들어야겠어. 지금 전화할게. 내 핸드폰으로!

법도 찾아낼 거야."

클레오가 말했다. 나의 멋진, 가장 친한 친구 클레오. 하지만 드류의 표정은 바뀌지 않았다. 불과 얼마 전에 핸드폰 불매 운동이 비합리적이라고 했던 드류는 그에 반대하는 의견을 냈던 내가 핸드폰을 자랑하는 게 분명 불편하게 느껴졌을 수 있다. 나는 인정할 수밖에 없었다. 하지만 미래의 유엔 협상가이자 모두의 의견을 존중해야 하는 나에게도 참을 수 없는 게 있었다. 바로 드류의 그 얄미운 말투와 표정이었다.

"작은 발걸음."

내가 말했다.

"뭐라고?"

드류가 되물었다.

"모두가 작은 발걸음을 내딛는다면, 그러니까 핸드폰 회사에 편지를 보내 코발트에 대해 걱정하는 사람들이 있다고 알리는 것부터 시작한다면, 그 작은 발걸음이 모여 세상을 조금씩 움직일 거야. 천천히."

"사실…… 내가 어떤 기사를 읽었는데……."

이안이 말했다.

"어떤 핸드폰 회사들은 직접 광산을 구매해서 코발트를 얻는다고 하더라. 초콜릿이나 커피처럼 코발트도 공정 무역이 가능할지도 몰라, 가까운 미래에."

"코발트에 대해 찾아봤어?"

드류가 날카로운 목소리로 이안에게 물었다. 이안이 당연 하다는 듯이 말했다.

"더 이야기를 나누어야 한다고 생각했어. 사청회에서 말이야."

나는 하마터면 이안을 껴안을 뻔했다. 하지만 침착하게 손뼉을 치며(아주 살살, 왜냐하면 황금색 케이스를 씌운 내 핸드폰을 손에 쥐고 있었기 때문에) 이안의 말에 호응했다.

"내가 코발트 공정 무역에 대해 글을 쓸게. 쓸 말이 아주 많을 것 같아. 고마워, 이안."

"나도 쓸래."

클레오가 말했다. 조조도 고개를 끄덕였다. 완벽한 결론! 손편지 대신 이메일을 써야 하나 잠시 고민이 되기는 했다. 왜냐하면 이제 나는 새 핸드폰으로 이메일을 보낼 수 있으니까!

드디어 프로젝트 발표 날. 나와 이안은 떨리는 마음으로 교단에 나란히 섰다. 우리는 그동안 함께 준비한 발표 내용을 대화 형식으로, 연극을 하듯 말하기 시작했다.

문자 메시지 혁명
미아 파슨스, 이안 윈터스

이안 : 문자 메시지는 1990년대까지 발명되지 않았지만, 아주 커졌답니다!

미아 : 사실 크다기보다 작은 쪽에 가깝지요. 작은 글씨를 작은 화면으로 보내니까요. 하지만 숫자로 따지면 엄청 크답니다!

전 세계 사람들이 오늘 보낸 문자 메시지는 230억 통이에요. 1년에 8조 3천 억 통을 보내고 있다는 뜻이지요.

이안 : 북미 청소년들의 3분의 2가 문자 메시지를 보냅니다. 전화를 사용하는 것보다, 이메일을 보내는 것보다, 그리고 친구들과 직접 만나는 것보다 훨씬 더 많아요.

북미에서, 12세에서 17세 사이의 청소년들은 매일 평균적으로 30통의 문자를 주고받습니다.

이안 : 십 대들의 두뇌는 특히 문자 메시지가 들어올 때 울리는 알림음처럼 '보상'을 좋아하는 것으로 밝혀졌습니다.

미아 : 잠시만, 문자가 와서. 나 빼고 계속해요.

이안 : 우리의 뇌가 그 알림에 반응하도록 훈련되면, 문자 메시지는 실제보다 더 긴급하게 느껴질 수 있습니다.

미아 : 뭐라고요? 제가 지금 바빠서요. 저에게 시간을 좀 주세요.

운전 중에 문자 메시지를 보내는 사람은 사고 위험이 23배나 더 높다고 합니다.

미아 : 농담입니다. 연기를 좀 해 봤어요. 물론 저는 발표에 집중하고 있습니다.

이안 : 방금 미아는 우리가 조심하지 않는다면 문자 메시지가 우리를 얼마나 산만하게 하는지 보여 주었습니다.

미아 : 하지만 문자 메시지는 다른 방식으로도 영향을 미칩니다. 예를 들어 볼게요. 내 친구에게 새 핸드폰이 생겼고, 그 친구는 전화를 걸거나 직접 만나는 대신 문자 메시지를 보내기 시작해요. 그런 소통 방식이 관계를 변화시키기도 합니다.

이안 : 사람들은 문자 메시지만 읽는다면 깊은 생각 대신 표면적인 생각만 할지도 모른다고 걱정합니다. 그리고 연구원들은 문자 메시지가 사람들을 더 빠르게도, 또 더 느리게도 만든다는 결과를 보여 주었습니다.

무슨 소리야? 지금 장난해? 지금 나의 두뇌는 활활 타오르고 있어! 나에게 실수란 없어!

이안 : 지금까지 나쁜 점을 알아보았습니다. 이제 문자 메시지의 좋은 점을 알아보겠습니다.

미아 : 영국의 한 연구에서는 문자를 보내는 청소년들이 더 나은 읽기 능력을 가지고 있다는 것을 발견했습니다. 그리고 이스라엘 연구원들은 문자 메시지가 십 대들의 불안과 우울증에 대처하는데 도움을 줄 수 있다는 것을 보여 주

었습니다. 문자 메시지는 우리의 감정을 더더욱 쉽게 털어 놓게 해 줍니다.

이안 : 문자 메시지는 세상을 바꾸기도 합니다.

> 시내에서 큰 시위가 벌어질 예정입니다. 가능한 한 빨리 광장으로 집합합시다!

이안 : 문자 메시지는 빠르고, 싸고, 당국이 추적하기 어렵습니다. 사람들은 시위를 조직하고 심지어 정부를 무너트리기 위해 문자를 사용해 왔어요.

> 정말입니다. #아랍의 봄

미아 : 봉화는 말할 것도 없고, 전화나 이메일과 비교했을 때에도 문자 메시지는 분명 새롭습니다. 앞으로 이것이 얼마나 더 큰 역할을 하고 영향을 끼칠지 모두 다 알지 못합니다. 우리는 문자 메시지가 결국…….

이안과 미아 : 세상을 바꿀 것이라고 생각합니다!

우리의 발표는 정말 완벽했고, 대단했다! 발표를 마치고 나서 나와 이안은 흥분을 감추지 못하고 복도에서 손을 맞잡은 채 펄쩍펄쩍 뛰었다. 점프를 멈추고 나서 마르틴손 선생님이 교실로 들어오라고 하기 전까지 잠깐도 우리는 여전히 손을 잡고 서로를 바라보고 있었다.

훗날 내 자서전에는(나의 유엔 경력 이후로 사람들이 제발 써 달라고 요청해서 쓴) 모든 난민 문제를 해결하고, 청소년 노동을 불법화했고, 수감되었던 작가들이 자유롭게 글을 쓰게 하는 데 큰 역할을 했다는 내용이 실릴 것이다!

나의 남편 민은 미얀마의 양곤에서 태어났습니다. 그곳은 내가 자란 캐나다의 작은 마을 크레스턴에서 11,995킬로미터나 떨어져 있는 멀고 먼 곳이었지요. 그래서 우리에게 열네 살 난 딸과 열두 살 난 아들이 있다는 사실은 기적과 같습니다. 그렇게 아이들은 존재하고, 아시아-캐나다인의 정체성(그리고 통신 기술)은 미아보다 훨씬 덜 불안하고 좀 더 우아합니다.

아이들은 친절하게도 몇 가지 실제 사건들을 활용할 수 있도록 허락해 주었습니다. 또 원고를 읽고 두 문화가 교차하는 삶에 대해 이야기를 하기도 했습니다.

아주 많은 사람이 《나는 세상을 구하기로 결심했다》를 만드는 데 도움을 주었습니다. 크레스턴과 양곤 쪽 모두에게 제 책을 읽고, 여러 가지를 제안하고, 재미있어 해 준 것에 진심으로 감사하다는 말을 전하고 싶습니다. 시어머니인 조이스 여사님, 미얀마 음식 요리법을 알려 주셔서 감사해요. (그리고 레시피를 단순화한 것에 대해 사과합니다.) 나의 남편 민, 내가 집중할 수 있게 시간과 공간을 배려해 주어서 고마워요. 특히 생일 축하 노래를 아코디언으로 연주하기 위해 연습하는 시간 외에는 내가 집중할 수 있게 조용한 환경을 만들어 준 점 정말 고마워요.

나의 멋진 글쓰기 창작 집단 '잉크슬링거' 멤버들, 고맙습니다. 레이첼, 칼리, 크리스티, 스테이시, 머린, 로리, 모두 고마워요. 그리고 나의 에이전트인 에이미 폼킨스, 첫 번째 챕터부터 미아를 응원해 준 것, 잊지 않을 거예요. 펭귄 랜덤하우스 팀인 린, 마르곳, 샤나, 피터, 파이브17, 사라, 정말 꿈만 같았습니다.

이 책의 집필을 가능하게 해 준 캐나다예술위원회와 BC예술위원회에도 진심으로 감사의 인사를 전합니다.

그리고 여러분, 이 책을 읽어 주셔서 정말 고맙습니다! 특히 끝까지(이 글까지) 읽은 여러분은 정말 진정한 독자입니다. 미아의 말을 빌리자면, 정말 완벽해요!

미아와 사회적 청소년을 위한 회의에서 주제로 선정되고 의논되었던 것들은 모두 사실을 기반으로 다루었습니다.

미얀마 정부는 135개의 민족을 인정하고 있지만, 로힝야족은 그중에 하나가 아닙니다. 로힝야족은 불법 이민자로 여겨지고 있습니다. 비록 많은 로힝야족이 미얀마에서 대대로 살았는데도 말이에요. 2017년 군부의 박해를 받아 수십만 명의 로힝야족이 미얀마 국경을 넘어 방글라데시의 임시 난민 캠프로 피신했습니다.

이 위기에 어떻게 대처해야 할지 정확하게 알 수는 없습니다. 우리 가족은 유엔난민기구를 통해 기부했습니다. 또한, 국경 없는 의사들과 세이브더칠드런 또한 로힝야족을 적극적으로 지원하고 있습니다.

코발트에 대해 미아가 우려하는 내용 또한 사실입니다. 이 광물은 리튬이온 배터리와 스마트폰과 노트북에 사용됩니다. 운동가들은 주요 기술 회사들이 청소년 노동에 대해 자세하게 조사하지 않고 코발트를 산다고 비난합니다. 더 자세히 알고 싶다면, 국제 사면 위원회의 웹사이트에서 코발트 공급망을 좀 더 면밀하게 모니터링하려는 캠페인을 확인해 보세요. 좋아하는 (또는 가장 싫어하는) 기업에 편지를 쓰는 것도 고려해 보세요.

모든 것은 작은 발걸음에서 시작됩니다.

- 타냐 로이드 키

마음을 꿈꾸다 04

나는 세상을
구하기로 결심했다

초판 1쇄 펴낸날 2021년 9월 3일

지은이 타냐 로이드 키 **옮긴이** 김지연

펴낸이 허경애

편집 유지서 **디자인** 최정현 **마케팅** 정주열

펴낸곳 도서출판 꿈터

출판등록일 2004년 6월 16일 제313-2004-000152호

주소 서울시 마포구 양화로 156, 엘지팰리스빌딩 825호

전화번호 02-323-0606 **팩스** 0303-0953-6729

이메일 kkumteo77@naver.com

블로그 http://blog.naver.com/yewonmedia

인스타 kkumteo

ISBN 979-11-6739-003-5

＊잘못된 책은 구입하신 서점에서 바꾸어 드립니다.

꿈꾸다 는 꿈터의 청소년 브랜드입니다.